四遊記

蕭熠

MALIBU

content

推薦序

然後她說，她得走了

蔣亞妮

我一直想看一本小說，沒有誰說愛誰與非誰不可，沒有人啪噠啪噠地掉眼淚數著後悔與不堪，最好也沒有人或狗狗會在故事裡面死掉，沒有國族寓言大江大海，如果可以，它必須還得很好看。

蕭熠的第一本小說集《名為世界的地方》以六個故事漂動一整座世界，她的世界如琉璃花樽、海洋中的哨子浮標，冰涼卻不是沒有溫度，像初春女人的手，涼玉般熨貼上肌膚。我也想過，能寫出那本我總等待著的小說質地的作家（在臺灣當代），大約得先為蕭熠留下一個位置。我沒有等得太久，第一本書出版一年後，她便交出了這本中篇小說《四遊記》，將她的貼膚之手，冷涼冷涼塞進我心縫；將那些四方之地不管遠近，掌中摺疊般拉出一面她的視野，在裡面，我看見自己。

曾經讀到，有人說蕭熠的字感像村上春樹或者黃麗群，大約說的是她的清醒抽離，不涉入也不濫情，有時候我讀著這般形容，卻想到了另一個也喜歡的小說家黃碧雲，楊照曾有話：「讀黃碧雲的小說，要先懂得甚麼是耽溺。」蕭熠卻是反著來的，讀蕭熠的小說，要先懂得什麼是節制。節制字也節制情緒，但不是明明有獸，卻將牠關壓不放，而是把心打得更開，獸便能自由來去，不用對著記憶嘶吼。從《名為世界的地方》走到《四遊記》裡，這本小說召喚的時空鏡頭、語言幻境，更常讓我想起王家衛與賴香吟。那如同咒語般悠長獨白的第一人稱「我」，在加州讀書生活，無聲般穿越漫漫公路與晃蕩長夜，夜行列車往馬里布海灘的山上，或者，如長鏡頭般孤身黑車穿越德州；「我」在打工的超市隔間暗室裡一人沖著相片，「把底片用機器像麵那樣旋出來，戴上手套，把它們分批泡進那些深紫色的湯裡……有時候我把照片晾了，便走到超市外面的停車廠站著，我在戒菸，因此拿著汽水。戒菸的理由是省錢，喝汽水則是安慰失落的嘴。」王家衛明明沒有拍過，卻又像有。或是那些人與人之間，本該稠密得像是一場悲劇的聚散，當主角「我」與許貴分開，不管是摯友般的明媚還是情感的曖如鬼魅，所留下密度最濃的字，不過太平洋沿海公路上，如夢之夢般的一次步行：「如果那時候有人和我說，有沒有一種感覺，那就是你現在的生活其實是你真實生活的仿冒品，那我肯定不會承認。然而我得偷偷同意，我時時刻刻假設自己生活在一個偽造的現實裡。」許貴離開加州、許貴回了中國、許貴離開生命。告別是不必寫的場景，該留在小說裡的不過是夏威夷的星空，或只能步行返宿的夜裡所見……「回程的路上，一隻鹿從樹林間閃過，眼睛是亮綠色的。海在遠處，起伏著還不睡。」不知那是不是五月？反正季節在那裡沒有意義。

青年的我們，誰都不急著告別，再怎麼決絕地離開，都還以為能再見，因此風雲也變得清淡，卻不是無心。

然而，蕭熠總還是自己的模樣，那些近似都是讀者如我的疊加。《四遊記》是一本無人傷亡，也無半點意願說教的小說；蕭熠使用了詩的語言，如果她是詩人，也是富有幽默感的那種，如同她寫：「在回臺北的飛機上我睡得像隻狗，口水流得不知所措。起來口乾得像沙紙。落地天是一個天微亮的天，是前一天的剩餘，後一天的延續。」韻律踏出小步，像一首諧謔曲（Scherzo）。《四遊記》裡的趣味，也延續到小說中的「我」，在一切皆可曖昧的加州陽光裡，性別變得模稜。一開始，放任想像，我以為的「我」是她，因「我」不曾對誰留下性別印記，蕭熠所運用最接近性別闡述的一詞，不過「青年」。她的小說人物，總有一張高深的臉，就像「我」曾這樣被一位英文老師如此問道：「你知道有個字，inscrutable 嗎？莫瑞先生突然站起來，在身後的白板上寫，筆發出滋滋的聲音。高深莫測的，就像你的臉。對我們來說，你們的表情都很難閱讀。」小說後段，忽然悟得「我」的性別時，才再悟得性別並不重要，有些思考，在性別發生之前，有些情緒，也比性別重要一些。

我在蕭熠往四方張開的天幕裡，忽然想起原本的生活，曾經僅有過的那一種生活。在她的加州與臺灣日夜裡，因為想起，才發現那一直害怕身邊的人忘記什麼的情緒，不過出於自己，在「我」身後，才看見曾經自己的情人。我曾有過一個情人，和小說寫的「我」，過著無甚差別的生活：「洛杉磯的韓國城。有餘錢的時候我會開車過來，這裡有許多東西吃。……今天我想坐著吃，便在一個小店前的廣場停了下來。是個媽媽自己開的小店，我某次來發現的。賣牛肉湯飯，炒粉絲，石鍋拌飯之類的東西。那媽媽穿著韓國正流行的金屬色絲襪，腿部像十八銅人那樣亮到會反光，讓我想起我媽。」有人想起媽媽，我想起情人，曾經我們也如此生活，我加入他的日常，唯一不同是牛肉湯飯上桌時，才發現紅通通一鍋燒得熱辣，就像「我」不是我以為的「我」、就像我未曾見到牛肉湯飯前，把它想成了像是雪濃湯那樣的牛骨濃湯。「我看著天色，天空是霧藍色的，邊緣黑下來。再過一會，會換成亮面的寶藍色，亮得讓人心動，就能乘上夜晚的公路。一半是車，一半是尾燈拖得長長的尾巴。」在那樣的藍空裡，駛上通往遠方的公路，忘了是不是同一個情人，也曾輾轉到了孤星之洲、也曾去往總做出海的樣子的密西根湖西側。蕭熠開解得好，就像「幾乎每個人都會有個阿姨在加州」，幾乎每個人都有一段如在天色迷離開往遠方的情感，幾乎每個人二十幾歲時，都曾被藍紫色電光閃過腦海：「如果可以的話，我想，我預期活到三十五歲。那代表我過了一點成年生活後可以在厭倦前死去。」

小說裡的「我」，曾與人聊到瑞士邊境的強子對撞機，「你知道若闖入強子對撞機裡會怎麼樣嗎？質子會穿過身體像一把無形的利刃將你肢解，不然會死於幅射病。那會慢慢侵蝕你。癥兆是眼前所見的事物都變成藍色。」這讓這本小說，像是成為一種生活的預言。可生活不僅僅是真實的一種仿冒，更多時候，其實是某種生活，會被另種生活本身活生生的吞噬。

我曾與蕭熠在夜裡的臺北過街，以及旁人大約也會覺得「inscrutable」的另兩位編輯與小說家。臺北的騎樓，應該是打烊後的畫廊門口地上，被放了一大袋那種米香車上才會賣的碎爆米香，妥妥綁上兩個死結，不像垃圾，旁邊一無他物。我們試圖移動過它，猜測它的出現與動機，那個瞬間，連結到了後來讀到的這本小說，竟不知道小說與記憶，哪一種生活才更真實。而那夜星空，是不細看下的炭黑，亞熱帶的深藍，如果我沒有記錯。

有些人的字獻給時間，有些人則為了自我或是更大的記憶，蕭熠則將情感彌封成一整片地景。曾經我以為她所追尋的「地方」，總可以被稱為世界。直到我隨著她的小說，走過未成年的臺灣、青春的加州與德州、再跨過日本海與太平洋，來到紐約，通過了四時與四方……直到看見她寫下：

有沒有一個地方是那樣澄澈透明的，可以反映出我的樣子，而不嫌棄我不以我為怪。

有沒有一個地方是那樣艱難的我得攀爬滑溜溜的石壁那樣用盡力量站在高處，才能得到完整的樣貌。

有沒有一個地方像一個形容模糊的流沙滲入我的眼睛鼻孔嘴將我吞噬而不留痕跡。

我才讀懂，可能有這樣的地方，更可能沒有。一個只有我們知道的地方，不存在夢或者惡地，只在小說裡。讓我們跟隨小說，感覺一次：「一個量子不管隔多遠，都受到另一顆的牽引，纏繞，騷擾，覺得這我老早就這樣，難道有誰不是被人牽引纏繞而脫離原本航道，如果有這種東西的話，我想像在遙遠的黑暗裡，在不引人注意的距離下，我們倆倆一起，照鏡子一樣的對應著，或轉動，或靜止，或只是反應著而反應，蠢動著，交替著。然後我說我得走了。」走過二十與三十歲，總有一個時間的我們，會回頭對自己說「嘿我得走了」；寫完一本小說，也得跟它說聲「那我走了喔」，然而每個十年的自己總還是彼此牽引，纏繞，對照著順行逆行。就像千萬則小說故事，都在講述與試圖完成同一個故事。

小說的開始，就是結束。如今「我」三十九歲了，游遊四方懸而未決的問題，都被固定在曼哈頓的夕陽裡。我一直想看這樣一本小說，或許是因為，想要看看自己，然後聽她說，她得走了。

（蔣亞妮，作家。曾獲臺北文學獎、教育部文藝創作獎、文化部年度藝術新秀等獎項。著有散文《請登入遊戲》、《寫你》，以及《我跟你說你不要跟別人說》。）

如今我三十九歲了，才覺得我不是老去，而是慢慢的固定。像膠著的顏料，或即將熄滅的火。辦公室裡放送著強烈冷氣，而窗外是曼哈頓的夕陽，發射出光。有關過去的想法，卻突然向我湧來，而那不是線性的向前向後延伸，而是封存在一塊塊相臨的，猶如熱氣球體的向心排列。而我終於知道那不意謂什麼。我走出大樓，在峽谷般的大樓裡步行，而深深的認著命。以往的事情像浮著的雲，而我就在山谷裡放著風箏。

●

二〇〇〇的夏天，我住在加州馬里布海灘的山上。關於加州馬里布海灘的山上人們知道兩點，第一它很美，第二它很貴，我住在這個又美又貴的所在，感到絕望，並且魂不守舍。

許貴在我的旁邊，那是二〇〇〇年，因此許貴並沒有發展出多年後的人們不斷在手機上滑動的習慣，更沒有像在十八年後，到哪裡都捉上一個寶，嘴巴微開，活像金魚。二〇〇〇年的許貴，頂多是雙眼無神，嘴巴微嘟像冒著問號，此時這個問號前面的句子每天都會重覆，因此在他問出口前我已經知道他要問，我們走嗎？

我們站在綠草如茵的地上，頭上是藍天白雲，眼前是藍悠悠、煙霧瀰漫的大海。不斷有高大健美的活像肯尼的男子，旁邊是活像芭比的女子。他們笑個不停，好像有什麼值得發笑的事，或是他們只是看到了我和許貴，看著我這其貌不揚的青年，和瘦削的許貴，這景象映在他們雙眼裡，衝進他們長滿金色頭髮的頭裡的無數閘門，化成一股子笑意，氣體一樣冒出了他們的嘴角。就好像世界上很多的人，也許正處在其他地方，但他們都在想辦法來這裡的路上。然而我還是說了，走吧許貴。

我們像平常一樣，沿著滿是荊棘的山邊走了一會，踢得滿腳是沙，就到了公車站牌。在這個虛偽的學校裡，只有我和許貴會來搭這虛偽的巴士下山。原因有二，第一是因為我們也是整個虛偽的學校裡唯二沒有車又需要去超市買雜貨的人，第二是走路太慢，並且有機會踩到死的山羊，把許貴嚇得半瘋半傻。

我們在荊棘中站著，像兩朵嬌艷的花，以至於下著山的跑車們不斷對我倆按著曖昧的喇叭。然而我只是望向前方，並不想像自己是一棵樹。巴士事實上是一輛七人座的van，由一個留著散亂的中長髮的白人胖子所駕駛，像所有的加州邊緣人一樣，後照鏡懸掛著一對毛絨絨的骰子，隨著車行搖晃不能自持的擲出各種數字組合。駕駛得就像他的衣著一樣，充滿上世紀六〇年代的迷幻風格又不知所云。

許貴茫然的望著，然後開口說了和昨天，前天，和大前天一樣的話，車來了。然後他便忠犬一樣上了車，然後我也忠犬一樣上了車，車子便籠子一樣直往下駛。

如果是個有車的人，特別還是像有著跑車的人，到這山下的小區的老外超市，就該像到他家的廁所那樣，一天幾次。對我和許貴這樣兩個光腳人，那就是幾天一次，由面無表情的胖子載了下山，二十分鐘後上山，無論我和許貴有或沒有在車上。

我和許貴，兵分兩路，我主攻西瓜，他主攻其他。兩人紛紛抱了滿手之後，在櫃臺前會師，然後在一群家庭主婦後面等候，她們把牙膏早餐穀片玉米粒花椰菜散得櫃臺都是，好像即將面臨一場人類的浩劫。許貴在他們的貨物後，鄭重的放下一個長方型的棍子，這是一個很重要的設施，說明了這棍之後的東西即將和我們走，而之前的東西將跟著前面的婦女們，四散在她們老公孩子的胃脾裡。

許貴用清明上河圖式，手法輕緩，依重要性和體積依序擺出了頭尾相接的Mars巧克力棒三條，康寶濃湯的酸辣湯粉兩罐疊了起來，一整包丟在馬桶裡讓水變藍的那種圓東西，剖成兩半的中型紅西瓜包著保鮮膜挨著兩個，接下來空著的位置若干，致敬給我即將用花了一八〇美元搞來的假ＩＤ搞到的一手啤酒和香菸兩包。呈現的方式我早就想好，一盒藍色Budweiser妥妥的坦克一樣平放，香菸兩包錯落，獻給戰士鮮花一樣點綴在上頭。

店員看著實體的我和ＩＤ上的我，再看著ＩＤ上的我和實體的我。照片裡是個粒子發散後再聚集起來的模糊的我，顯得方頭大耳，光影氤氳，同時游走現實與想像之間。她發出同樣模糊的咕噥，彎下腰拿了兩盒Maboro。

不待我手若蓮花的放好它們，負責包裝的越南人把它們一氣掃進塑膠袋裡，許貴，從外頭不帶勁的跑進來，像昨天那樣不鹹不淡的說，「車跑了。」

策略有二，一是我和許貴將貨物一分為二，向上步行三十分鐘左右馱上山。此舉甚險，險在今天貨多風大，且天色已晚。夕陽橘橘的相當美麗且不懷好意，一會天際線將一反這時候無害的樣子，變得蒼茫起來，許貴跌倒，瓜碎人傷。

二是埋伏在超市外的小廣場。旁邊有家冷凍優格店，販賣冷凍的優格，人們心胸開闊的坐在裡邊吃，吃完後看到了我和微笑著的許貴，之後我們同上了他們的車，五分鐘後抵達學校。此策略甚好，唯一難就難在從我們到這破學校兩年間，沒人問過我們要不要搭便車。

許貴況且從來不笑。至少我沒看過。

於是乎我負責拿兩瓣西瓜。許貴拿著其他。有一條蜿蜿延延的小路，從超市前的停車場的邊緣延伸，接上一段向上約十五分鐘的車行道路，再從教堂後邊的沙壁爬上去，再走一小段上坡路回到宿舍。

走在車行的馬路上，我左手右手各抱著半個西瓜，船一樣向前慢行。天色是陰沉沉的，教堂像天國一樣浮在不遠處的空中，被雲霧籠罩住了下半部，看起來比實際上更不切實際。我從後方塑膠袋的窸窣聲，和他的腳在沙地上哧啦的蹋拖聲，斷定許貴還在我後方。沒有車的時候我們在暗夜行路。土塵像宇宙裡的原子，在看不見中飛揚；有車的時候我們鼠輩一樣的竄回旁邊，車燈照亮粗礫發白的地，我們的身體週圍圍上一條細光圈。

這種時候我就特別的想走，走到一個別的地方，但又能走哪裡去？

我們在三樓的陽臺，先把巧克力棒吃了，百無聊賴，許貴點亮了菸，在這該死的黑色的夜。啤酒解不了渴，於是我連幹了兩瓶。最後我和許貴一人一瓜，一口氣猛吃光。

加州的西瓜很難吃，又綿又軟，好像被人痛毆過，邊緣還帶著輕微的餿味，但無礙我兩在夏夜長路拔涉後，在陽臺乘著風吃著西瓜。我腦子裡沒有度過夏夜的其他想法。

吃完之後許貴會回他的宿舍，在隔著籃球場的旁邊一棟。也許會打電話給他在貴州的祖母，也許不。而我暫時還不想回在二樓的寢室。於是我就那樣站著，若是有人路過，看到我這麼一個青年淒淒涼涼的站著，沐浴在星光與月圓之下，肯定以為這是個感傷的人，但我並不緬懷什麼。氣溫下降，空氣是加州夜晚帶著草味的涼意，我感覺像在井裡一樣，冰涼而收斂。

當時我以為以後只有一個過法，便是早上挨完了課，晚上下山去買了西瓜，之後回到宿舍沖了涼，在室友的禱告和呼嚕聲中睡去和醒來，像一個醒不來的夢。

早晨起來，我便踏著露水到餐廳去，最早的課是在八點，這學校的餐廳就像個冰川，從每個角落都可以看見海，像一個懸而不去的詛咒。最左邊坐的是一個個小群體的白人，像不動的冰壁，再過來是生在這裡的亞洲人，是大塊的冰山，再過來是一些懸浮著的沒有歸屬的碎冰，然後是一些無名目漂流過來的樹枝一樣的人，像是我。

幾乎每個人都會有個阿姨在加州，在我大學聯考失利後，我媽提出了個建議：何不去加州看看你阿姨。我起先就像對我媽的任何建議一樣，聽完面無表情，接著快步離開。

然而那天我站在考上的三流大學的走廊上，旁邊都是些戴著眼鏡，但已經開始準備高普考的大一新生。我考上了這個學校的會計系，每上完堂課只覺得身心受到極度摧殘。並不是說我對大學生活有什麼特殊的憧憬，我對騎單車或椰子樹，留著長髮的少女都抱著一種平常心。我只是純粹厭惡那個學校散發出來的灰敗的公務員氣息，想到要在那裡上學四年，就像被規定喝隔夜的咖啡，死不了但沒辦法自發的持續下去。

於是我前往了加州，看了我阿姨。她還是那個老樣子，而這不只是個雙關語。她住在一個典型的美國房子裡，過著典型的華人生活，後院種著空心菜和蔥，坐在餐桌前勤讀華語報紙，獨子表哥埋伏在自己房間打電動。她看到我彷彿枯木逢春，也許出於寂寞，阿姨勸我留下來。也許出於無聊，我聽了她的話。

我申請了離她家車程一小時的學校。在申請的時候我沒注意到這是個白人基督教大學。或者說我不以為那有什麼。在得知錄取了以後，我阿姨求我表哥送我去學校。當時我在她家已經住了三週了，只有在走廊上遇過我表哥兩次。他兩次都穿著睡衣從廚房捧著微波好的冷凍義大利麵，著急著回房間繼續打電動。

表哥答應了。他從黑洞般的房間鑽出來，在睡衣外加了一件外套，我們上了他的ＳＵＶ，405公路接 Pacific Coast Highway。我望著窗外的房屋連同裡面的人和生活快速從眼前略過，然後是聖塔莫尼卡的海灘，人們像加州展示中心一樣樣板般的活動著，衝浪，慢跑或其他，海一路如影隨行，然後又是房子，淺顏色的，灰藍，粉紅，白色，海在背後若隱若現，然後是沙土的上坡路，然後是尖塔的白色教堂，然後是一棟棟的小方格的房子。我猜是宿舍。因為一些人面無表情在前面徘徊，旁邊方形是他們的行李，狗一樣地蹲踞他們腳邊。

表哥一路上第一次踩了煞車。我下車，把行李拿了下來。他駕著車又直奔回他的房間。我站在原地，不得不承認自己確實是困惑了。這和困惑我整個青春期的那種不太一樣，差別在於我確實想要有個答案。這時候我遇到了許貴，他像個村莊裡的白癡一樣，外形上一團混亂而又熟門熟路，不用太多的交談我知道了許貴從貴州來投靠親戚，而他知道了我初來而又生澀，三兩下靈犬般帶著我到了我被分發的宿舍。我的室友這時已經占據了兩人宿舍的一端，像學校裡的很多人一樣，他高大而不能更白，常年做夏天裝扮，對聖經裡的話愛讀欲狂。我放下行李，跟著許貴在校園裡晃了一圈，校園非常好懂，教堂，校舍四棟，餐廳，操場，然後是宿舍。然後是一大片的停車場，停滿了車。

我這時候注意到我沒有車。

當時的我並沒有認清在加州沒有車的含意是什麼。我單純的看著，心想車還真他媽多。我問了許貴，發現他也沒車。這使我們成了一類人，之後的許多傍晚，我和許貴在山崖旁邊等著巴士時，我會想起這時候，和那一大片車浪花般的閃光，那使得我們的對話像兩條擱淺的魚的相識。

於是我沒有車，許貴沒有車，那開始了我倆午後的漫遊。早晨是課，從山坡上的宿舍奔下來坐過去一個小時接一個小時，老師都是像棉花般的老年人，外觀鬆軟而言談乾澀。同學是白巧克力一樣的白人，看起來像巧克力而嚐起來完全不是那回事。我坐在教室，卻覺得離人很遠，語言在他們嘴裡像噴泉湧出，在我這兒卻阮囊羞澀。

然後我得去上給外國人的英語課。任何人的英文不夠用時，就會露出孩童的表情，說孩童的話。到了四點，我和許貴乾渴欲死的離開教室，快步到山崖旁站著，好像從沒離開過一樣的站。

我們下山，有時候到了更遠。週末我們搭車下到平地，不買雜貨並且在想像中告訴那該死的司機他可以去吃自己之後，步行過一段毫無生氣的淺灰民宅，在路邊等公車。這等待往往無望而漫長，等到車到了，我們常已經像車上的人一樣形容枯槁，彷彿將前往的是屠宰場。車上是各種不同程度的失魂落魄的人，散發出時運不濟的氣味，也就是酒味加上尿騷，有次在許貴前面的巨大白人還企圖帶他下車。然而我們還是到了聖塔莫尼卡海灘。

你就是沒辦法生海的氣，無論它做了什麼。人們在海邊，跑或跳，像猴子一樣想引起海的注意。海依然閒閒淡淡，懶洋洋的把浪捲起來捲下去。許貴死了一樣倒在不遠處，眼睛半閉，我猜那是他向海洋致敬的方法，至於我，只能坐在沙上，手呈勺狀，把沙子抓起來，再漏下去，沙子並不稍做停留，而我正年輕。

人們依然奔跑著，笑著並身著泳衣，身體各部位跟著跑並隨之晃盪。一切帶著昏黃色調，像在電視裡出現過的外國人看幼年家庭錄影帶，色調懷舊且動作節奏皆延滯像泡過水。我眼睜睜地看夕陽凝結，漫天破蛋黃般流動然後碰一下掉下去，接著天空瘀了青一樣到處泛著紫黑色。

我沒問過許貴他想家嗎。這真是個無聊的問題，然而被問的人都會陷入沉思。許貴曾是個留守兒童，和祖父母留在鄉間，一年見爸媽就新年一次，我猜這意味著他的家對他而言只維持到他祖母死去。之後他便重獲自由。

大部分時間我和許貴會搭公車回去，才能趕得及宿舍提供的難吃晚餐。每學期學校會強制我們購買一千美金的食物抵用券，因此我們可以儘情享受極乾的烤雞，披薩對折包成的一種叫卡頌的意大利麵點，每次吃了我都嚴重漲氣，生不如死；或每週一次廚子自己創作出來的亞洲麵湯，醬油湯裡泡著花椰菜，紅蘿蔔片和細麵條，死鹹並帶著奇怪的口紅氣味，上面細緻地放上炸過的麵當點綴，泡在湯裡久了全部都呈麵糊狀。每次我去拿，廚師便欣慰的對我眨一下眼。

有的時候車子就是不來。總有這種時候。天色已經接近全黑了，加州特有的乾爽的風從地面吹起來，沙粒打到小腿上刺刺的，讓人錯覺自己是沙漠中迷失的駱駝，正尋覓著自己的海市蜃樓。這時候有兩個選擇，一個是走得更遠，走二十分鐘到市區的聖塔莫尼卡購物中心，綠洲一樣出現在十字路口，提供食物和飲水給無數穿著泳裝的過客，矮小成群的日本觀光客以及許貴和我。我和許貴到地下室吃一碗二十美金的拉麵出來，在路上不前不後不左不右的走在人潮裡，這裡的人走起路來忽快忽慢，激動而恍惚，可能這是狂歡前後人們的步子，像我們這樣沒有受邀的青年不得而知。

或是索性往回走。沿著公路走回山上去。這條路有個名字叫太平洋沿海公路，限速很逗的設在低速的四十五公里，在週末晚上走上，就像走在融化的河邊一樣，車來車往，像流光燦爛的蓮花慢悠悠漂浮。有時候我瞥見車裡的人，他們神情期待而厭煩，等著樂子像神蹟出現，而我和許貴，像兩個僧侶，腳下左右腳交錯，一手擺動，一手嚴肅的拿外賣食物之類的東西。

走路是最奇怪的事，一直做著同樣的單調的動作，卻讓你移動，帶離你走開因而我永不厭煩。

在中間我們累了，會在一家名喚泰國風情的店稍做停留。他們是離學校最近的一家外送店，用大量罐頭的菇類荸薺竹筍，卻像燈塔一樣不可或缺。我總是叫他們的鳳梨炒飯，就是泰國米不帶感情地炒冷凍三色蔬菜加入黃澄澄的罐頭鳳梨，撒上肉鬆，神奇的次次皆裝入半個挖空的鳳梨裡，由一位神色張惶的泰國青年送來。我疑心鳳梨殼的來源，故每吃完必定將頂部鳳梨葉折斷做記號以免被拿去做一次性以上的使用，因此到了店裡我邊喝磚紅奶茶四處張望，尋找鳳梨山的可能性。只見這些悠閒的泰國人，邊口吐妖媚腔調邊從色調鮮豔的塑膠帘後製作似是而非的仿泰國菜，霓虹和日光燈交替閃爍，廉價而美麗，我好像置身我那南國路邊水族箱般的檳榔補給站。

如果那時候有人和我說，有沒有一種感覺，那就是你現在的生活其實是你真實生活的仿冒品，那我肯定不會承認。然而我得偷偷同意，我時時刻刻假設自己生活在一個偽造的現實裡。

有一個夢境是這樣的，我和許貴，以及另外兩個女的，開車往更高的山上去。山上有許多石壁形成的洞窟，我們帶了炭，打火機，棉花糖串和啤酒，目的不言而喻。兩個都是英語為第二語言課程（簡稱ＥＳＬ）上的日本人，而其中一個有輛 Land Rover。我和許貴因此蘿蔔一樣坐在後座，手握糖串，聽著後車廂的啤酒罐像在洗衣機裡一樣激烈旋轉。車子不停的動著，從腳底都傳來石壁的堅硬感。許貴嘴裡說再前一點，對還要再往前一點。結果到了一個像電影那樣假得可笑的完美洞窟，只差沒在門口貼個招牌寫洞穴兩字。那女的停車技巧是無，隨隨便便停了下來，車門也不關。許貴也一躍而下，熟門熟路，找了根樹根坐下，用炭搭起井字形，用紙板在旁邊擋著風，用紙團投擲中間，用更多紙板搧著風，等火壯大，我們聚集像看著火箭升空一樣仔細看著每個步驟。火不久穩定下來，嗤嗤做響，我把糖串遞給她們，我們遂一人一串的伸在火上。棉花糖像紙那樣縮起來，接著起泡，變得腫腫胖胖的，放在嘴裡就是一股子燒焦的糖味。配上啤酒，苦並不變得更甜，甜也不變得苦，而是在嘴裡背道而馳，就像我和旁邊這女的的談話。

她叫 Kaoru，是鎌倉來的。這是我對她僅有的認識。她頭髮剪得短短的，穿著一件棒球外套。還有她的眼睛望著火太久的時候，會變得多淚而迷濛。還有她的嘴不離酒瓶，或偶爾離開一下是為了把酒吞下去，然後她的嘴唇會閃著光，和她鼻子下的鼻水同樣光澤。許貴和另一個女的也盯著火看，火是那麼活和動個不停，讓人不能不看，就像車門仍然大開著放著 Love Psychedelico 的〈Your Song〉，反覆唱著 We are living in the nowhere land girl don't you know。我理解她不開口的原因。時刻當語言學習機是挺累人的事，年輕而時刻覺得累則是件很讓人難以理解的事。

回程的路上，一隻鹿從樹林間閃過，眼睛是亮綠色的。海在遠處，起伏著還不睡。

我在超市對面的小廣場裡的百視達翻看著DVD。我只要看DVD的封面相片就可以判斷出來這片值不值得看，我對這點挺自豪。照片越模糊的越多人看過。越多人看就絕對是部大爛片。美國人就愛看大爛片。越大爛片越可以學美國文化。就像越短的句子就越像真理。

我手上的這部封面模糊破損，我拿去櫃臺，店員說好選擇。又一真理。我拿著出店，隔壁是古董店，一切都是仿舊且整個店都是灰塵和乾燥花味道，我對那味道過敏，很多上了年齡的年老女性染金髮穿貼身瑜珈服在裡面逛著，看起來都像狄更斯《遠大前程》裡的老新娘。隔壁床單店裡都是床單。

這裡是馬里布。因此碰到任何人或明星，都不是在夢中。我在附近的冰淇淋店排隊時，後面的人推推我，告訴我那個人是梅爾．吉勃遜，她指指那個正在拿冰的人，滿臉是笑，好像在告訴我不用謝。我於是察覺了某種貌似閒散下的警惕。人們好像沒有在看，然而他們都在看。我拿著冰，慢吞吞的走看，經過了那些伸長了腿像正在曬太陽的羚羊的人們，他們的皮膚古銅發亮，散發出防曬乳液和助曬油的氣味，太陽眼鏡像放下的窗簾，裡面是一個假寐的人。陽光一點也不吝嗇的撒在每個人的身上，我的身上，梅爾吉勃遜的身上，和我的冰淇淋上。這個不是真的冰，我邊吃便感覺，是一個優格在偽裝成冰淇淋，吃了不會發胖，同時強身健體，促進消化。非常馬里布，而它正滋滋的融化。我於是仰頭把它喝光。

在宿舍的頂端，越過那些白牆綠樹，越過豔陽的頂端，順著山路往上，陸陸續續的，是馬里布的那些豪宅。各式各樣的，羅馬的法國的西班牙的米蘭式的大房子。我和許貴曾經走上去，在這些房子前面一棟棟的走過。我們走到汗流浹背的時候，房子都沒有盡頭。美國人，或者說加州馬里布人，實在很懂得炫耀。有的門口就是噴水池，有的是背對著人的深深樹海。我們走了很久。這時候我正抬頭看一間房子的車道，非常深邃你都會忘記它是個車道。房子不像房子，像是某種要卡住時間之流的巨大石頭。越往山上走，房子越來越巨大，而越科技平滑，像沒有毛細孔。終於我們走到了盡頭，路封起來，不給走了。

許貴說在我們那兒，也不是你有錢就可以住最大的房子。我想了一下說，那這裡挺好的，你有錢就可以住最大的房子。他同意。我們往山下望著。海那樣藍幽幽的，好像只是一種氣體。我有點不喜歡它，怎麼說呢，如此典型的加州的樣子。要誰都喜歡的樣子。好像它沒有自己，只是一種對天空的沒有尊嚴的仿傚。不過風景好，任誰看都是免費的。

在這個學校，每週都要上教堂，如果去的點數不夠就會遭遇一些麻煩。於是每週六在鐘聲的催促下，人們就像失落的羊群那樣三三兩兩，走向他的牧人。這座教堂以美觀著稱，雪白的半圓體，底端的鑲嵌玻璃正對著海。坐在裡面會一直注視著透過玻璃投進來的，綠色紅色藍色黃色的光，在手上肩上，他人的背上。正在講道的牧師的頭頂上。我發現自己很難專注，不光是因為那些光芒，也可能是語言，常讓我有一腳踏空之感，

許貴不理會上教堂的規定。他從不去。因此我每週都與我的室友漢克一起去。他是一個高大強壯，非常溫馴的白人。就算在寢室裡與女朋友摟在一起一起看電視，都會把電視向我轉過來一點的大大好人。他每天都會和女朋友一起進行聖經的研讀。他女朋友是個金髮藍眼，會讓人兩眼發直的大美

人。他們兩個都如此純白無瑕，又單純又美好，你不免很擔心神之後會讓他們受什麼奇怪試煉。

講道的人每週都換，有的人很注重讓大家發笑，有的人很重視讀聖經的內容，會用話劇的聲調不斷引述，喔主啊請你帶領我們，喔主啊不要放棄我們，哦！主啊！求你改變我，心思意念願你來雕琢，使我能更加像你，帶著耶穌的香氣。哦！主啊！求你吸引我，帶我進入你聖潔居所，我就會抬起頭來，一面呼氣一面將視線投向遠方的海，看起來如此清涼，以降低那離奇的空氣。室友漢克會閉起眼睛舉起雙手禱告。就像平常他只是稀薄版的漢克，這才是正常濃度的漢克。

出來的時候往往是黃昏。這是一天之中我最喜歡的時候。說喜歡，不如說我鬆了一口氣。一切舒緩放鬆下來，不若白天的堅固自持，物和物的邊緣模糊，像用蠟筆畫的，海再也不在意人的注視，變得有自己的想法，它看起來反而堅硬起來，像用布包裹著，仍然柔軟，然而像一大塊的什麼。風吹草動，日落。但有霧氣從地面上騰，滋潤遍地。落日會奇異的延續一小時左右，每天都有七彩繽紛的光，像一道巨大的，沒有方向性的彩虹。就像季節在此沒有意義，光線也無從分割，持續了一段時間而，所有的光褪去，夜晚無可挽回地到來。

●

許貴去夏威夷了。本校規定凡平均成績在C以下者連兩個學期就得去夏威夷太平洋大學補修學分。許貴此時很可能便沐浴在南風裡。

我一個人，獨自走著。我小時候也去過夏威夷，是歐胡還是檀香山我忘記。感覺是個仙風陣陣，仙樂飄飄的地方，這種地方會有許貴讓我發笑。像以前在國中時候上課上到國父在檀香山，就想到他身著夏威夷衫，聽到武昌起義用廣東話大喊我好驚啊。

也許許貴是個鬼，或是我的幻覺。

這學期的室友換成了一個韓國人，是個很悶的高個子，常在房間裡做伏地挺身，之後珍惜的配著飯吃從家鄉帶來的小菜。我回到宿舍就鑽進被窩裡，背後的窗戶透著涼風。我關上，把電腦打開放剛租來的DVD。

老實說這部電影我已經看過四次了。內容是說一個爛得要命的大學兄弟會胡搞的事。我毫不感動的看著他們穿著羅馬服飾，喝大量啤酒，讓女孩子躺平。我站起來又躺下，接著坐起身來。睡著的韓國人發出個咕噥聲，半是睡熟半是不滿。我於是把兩隻腳塞進鞋裡，走出這個房間。

有時候我會想花點時間，讓夜晚把我浸泡透。此刻草地上到處旋轉的灑水器正把我的褲腳濕透。而我說的不是這樣的事情。我是說，有時候我會覺得白天使用完的硬殼正在打開，開到離我的實體有三吋那麼多的空隙，如果我在外頭逛著，夜便可以乘隙而入。

我跨過宿舍的大門，沿著蜿蜒的路，走向操場。操場在半山腰的一處高起來的地。海便奢侈的在後方露出來。有時候會有霧罩在操場上。讓那些徒勞跑著想消脂減肥的人可以暫時假裝自己沒有身體。

這個夜很晴朗，帶著一絲空靈，月低掛著，渾圓而巨大，人像著了魔在繞著圈。我因此也腳下不停。沒多久我就走膩那種膠底鞋和橡膠地無趣的磨擦。我便繞了出去。往下走，走向校區，校園裡的幾棟大樓都是雪白的，在月光下像用紙糊的。我手摸著牆，繞著圖書館走，是一棟方正無聊的建築物，而腳下那種粗礫的感覺讓我滿意。夜氣滿滿滲透入我胸臆，然而我開始覺得餓。是空或是巨大的無聊，我不得而知。我走到餐廳，它當然已經悲涼的關了，我於是走回宿舍，用學生證在一樓的販賣機買了可樂一罐。我以為當場乾掉一罐會覺得好點。結果是滿肚子的泡沫還有渴。我就爬樓梯上樓，聽著自己的腳步聲在空間裡迴蕩，活像有人從下面在追趕我。我打開房間的門，室友已經睡著了，月光把他照得發藍。我也趁涼鑽入我的夢中。

我爸打來說匯錢讓我買車。我沒反對。

我打電話約了一輛車，好帶我去買車。駕駛是個留著鬍子的白人老年人，我在路上一直把他想成我爸，他老得多，但至少他不會對我要買的車指指點點。我已經想好我將買的車是這樣的，有天窗，和全黑發光的外殼，讓我想到昆蟲和長了潮濕苔蘚的樹林，就這樣。

我們駛過公路，像一條灰色堵塞的水管，我想起一年多前練習考駕照的情形。我表哥從洞穴出來，面無表情的坐在駕駛座，我駕著我阿姨的老凱迪拉克，在他們家附近繞行。

我買的是一輛黑色發亮的小車。米色布面的座椅，天窗。坐在駕駛座時高高的，猶如坐在巨大南瓜裡，我的替代爸爸在把我送到後揚長而去，只留下我一手交錢，一手交車。

開回學校時碰到一問題。由於緊張或其他不明原因，四面窗都全都給搖下來，因此當我開到公路上，車裡鼓足了風，整輛車彷彿展翅欲飛，且不時在我耳邊發出巨大的音爆。我尚與此車不熟，實在騰不開眼看哪處是關窗按鈕，只能持續在狂風中往前，直到遇到路邊凹陷處才停下。

我擦去滿頭的汗，車子此時已經被我笨拙的停下，只發出微弱的引擎呼吸聲。微微的風從車窗中經過。我坐著，盯著前面的樹木久久不動。你也知道盯著一個東西久了，它便看起來像在移動。這讓我覺得實在應該就坐著不動，只顧盯著一處看，而不是去買什麼車，還自己開得嚇死自己。我掏出根菸，想了一下，決定到車外頭去點，還站得離車遠點。我向來討厭對車小心翼翼，活像捧著自己外孫的人，而我如今，也懂得了一些所謂細膩的情感。

就像寄居蟹，沒有理由去傷害自己的殼。我深吸了一口菸，再慢悠悠的吐出來。光天化日之下看不到，而車子穿梭不休，發出一種類似同類的叫喚。

我把黑金剛，也就是我剛買的車子，慢慢慢慢的開回去。要兜風要購物，那都是明天的事情。此時就該好好感受它慢慢往山上開的姿態，它穿過宿舍群樹葉掉落在它身上的細碎聲響，它在停的時候，前前後後挪動那個小心謹慎的模樣，還有我停好之後碰一聲把門關起來，那股爽勁。

我哼著小曲，兩步挪成三步回到房間。在電腦上留個言給許貴，他媽你這小子命不錯啊，在夏威夷享福不說，回來還有你老子買了車子，以後想去哪就去哪。

許貴說，他爸付不出來學費了，他得回貴州。

我盯著這句話，突然覺得房間好悶，室友的腳臭正前所未有的嚴重，我走到黑金剛處，打開門就坐著，像坐在一個有縫的氣球裡。

我想著，我要走遠，我便上路。

我駕著就像車就像駕著一活物。此時是下午三點，陽光普照，而我本應在英文課上。我發覺應不應該和要不要並無關聯，這讓我頭裡癢了一下。我踏著油門的腳心也是癢，我揣在胸前的心更是癢之又癢。

陽光在地下海面上，沒有任何阻礙。海面有無數個破碎的小片，那樣金燦燦的。雖然如此，我知道加州的詭計。我看過一個報導，是說加州的紫外線特強，因此一切都無臭不香。這解釋了我買到的蘋果和香蕉，它們就像蠟做的，吃到嘴裡也無味。花也只假假的碩大無朋的站著。

然而我的手很冰涼，就像任何受到了驚嚇的人一樣。頭腦膨脹，過了一會兒才意識到我在開車，車子仍像一個活物那樣溫馴，依著我的意向。我向前筆直的開，開過了沿海公路，進入了鬧區。我慢了下來，繞了幾下，脫離了人類讓我覺得換了腦子，拐個彎上了405。路上很多車，走走停停，我沒忘了教練的指示，換車道頭要往後扭看看，頭裡一時間響起我阿姨說的她朋友就是沒往後看被後面來的車一頭撞上，我同時也沒看太久，因為我也聽說了她另一個朋友看太久等回過頭已經換好道，而一頭撞上前面的車。換或不換都是撞上，而我沒有意願去思考裡頭的人生哲學，405在塞我就換110，這才是硬道理。

我如今加入了一個直奔向前的隊伍，像動物頻道裡的煙塵四起的野牛群。車陣從我身邊衝過，而我也不是輛省油的車。均勻的踩下油門，是種奇怪的感覺，像緩慢的按下扳機。就好像去哪裡並不重要。重要的是坐著，踩著，輪子不斷轉動著。

然而連這也會習慣，躺也會習慣，站也會習慣，手持一個圓環坐著踩地也會習慣。不一會我就想從來沒做過其他別的事一樣，手摸到廣播打開，是個女的在說，再轉，男的在說，再轉到一條歌在唱。我甚至空出手來，摸到一支菸，給自己點上，我甚至還把天窗按了點開。

持續的衝，就像停。我的臉因為風而微微震動。只開了一點縫，就帶入了巨大的轟鳴聲。眼前是灰色的路面而背景是柔焦後的豔紅色夕陽，是洛杉磯的標誌性霧霾，我正路經 downtown，我指認出上面有綠圈的高樓。

如果你說你可以不要停下來，你可以走個不停而無視所有的規則和速限，只視它們為風或午後乾了的雨，你說那些翻來覆去的心情，又何必拆解何不整捆燒去，那是因為你沒經歷過高速前進中，需要去廁所。然而此地找廁所，是如此滯礙難行，以至於我必需要往回南行。

我回程的路上在沿海公路被警察攔下來，我不想撒謊，但最保守的說我幾乎嚇歪。警察從我後方，用擴音器叫我停下，白色的燈光從後面湧來像浪花，我則礁石那樣停滯。

警察說你大燈沒開要記得開，我馬上手起燈亮，前方投了金黃色一大塊，我謝過大人然後追逐著那個回到學校。我躺在床上呼吸久久停不下來，我猜就像超人剛完成他第一次飛行。或克拉克第一次拿下那副眼鏡。總之我可以走遠。像乘雲，它就停在樓下，這讓我在這個夜非常之醒。

我和許貴曾經做過一個計畫，就是要追逐外星人的腳步，就像穆德探員。計畫是開車到他們解剖外星人的那個地方，潛入研究室之後再見機行事。真相就在那裡。

想到這點，我在MSN上敲了許貴。他說他待到下禮拜。他還說你知道火奴魯魯和檀香山原來是同一個地方。你不得不說旅行真的會學到事情。

室內電話響。這東西從來沒響過。我盯著它滿是狐疑，就像看到芋頭樹結玉米。我拿起來。

我是Kaoru，聽說你買車了？

我操。

我到樓下，Kaoru 已經帶著購物袋等著。她說要買菜，於是我只好帶她去買菜。我們齊齊坐入黑金剛而下山，她說怎麼最近沒看到你和許貴，我說他成績不好去夏威夷了。她大驚，接著陷入長長的思索。在挑選每包都長得一樣的餅乾時那思索顯得更深，在臉上投下陰影。

最後她說我陪你去夏威夷。找許貴。

有時候事情必然是這樣發展，但你只是覺得該等待，彷彿出於禮貌。我在飛機上睡得像豬。高空很適合睡眠，不知是因為空氣稀薄還是距離天家很近，以至於飛機在火奴魯魯落地時我才醒來。

我們在機場旁邊等待巴士。許貴說晚點在他宿舍見，他打工回去直接見。要搭巴士去見許貴給我一種異樣的感覺，好像兩隻鞋穿相反。

在巴士裡我瞋目結舌的看著天空，雲有各種紅色，像不要錢那樣的變幻。一下像錦一下像緞，而海是那樣溫馴。一切散發出虹霓。Kaoru始終在一種沉思裡，也許出於對日本人的刻板印象，我覺得她和夏威夷很搭。她咖啡色的頭髮和皮膚融進了沙的背景，然而我並不覺得沉思很適合夏威夷。車開得很慢，那手榴彈一樣的紅霞很快逝去，接著是灰藍，然後寶藍色的天空，到處發著光，因為是夏威夷，看起來異常的天真。

我和Kaoru在一棟大樓前下了車，許貴在那裡迎接我們，他散慢而疲憊。看起來還比較像從遠方來的人，許貴說他從一個日本餐廳打工回來。他邊走我們邊穿過一樓咿呀作響的大門，一片亂七八糟的信箱，穿過長長的走道，到了走道的盡頭搭電梯，到了七樓。許貴和其他兩個人分一間公寓，此刻他們都出去了。我們擠到他在最裡面的房間。

我看地上是地毯也不鋪了，隨地亂睡，許貴說帶你們出去走走吃點什麼。我們便放了東西走到了街上。路燈亮起來，街上讓人有點熟悉，一排整齊的公寓大樓，白色或淺灰，無趣而帶著放暑假的氣息，或也許是那種微帶濕度的風和許多矮黑的日本人。許多樹上結著水果並且有許多姿態悠閒的流浪漢，他們揀落在地上的水果吃，在海灘沖涼睡覺。

Kaoru 指著一家店說排這家吧，大阪來的。一排人飢腸碌碌的看著一個戴著廚師帽的男人在用鏟子做大阪燒，一層層的高麗菜，炒麵被壓平，滑溜溜的快速擠上細條狀的美乃滋和柴魚片，好像在開玩笑。而我百無聊賴的站在隊伍裡，也覺得像在開玩笑。轉眼間醒來便到了海的另一邊，見到了許貴。而除了奇怪，我又有一種在水中的特有的輕盈，彷彿輕輕一蹬可以漂得很遠。

我們好不容易坐了下來，吃那又甜又鹹濕答答的東西。許貴說他就在隔壁打工，我們轉頭一望是家迴轉壽司店，看起來比這裡靠譜十倍。我們得到免費的啤酒。每個人都想不起說一些什麼，沉默的喝，看著裡面的氣泡，喝完了就站起來齊齊過街，再走一會就到了海。

沙子很細，穿透了我黃色的跑鞋，我脫了鞋走路，鞋子香蕉一樣的在我手裡搖晃。我想離海近一點，用腳去碰那湧起的海水，汽水一樣的浪。那種人工冰淇淋口味的彈珠汽水。我走走看到星星在遙遠的天上，真有種走膩了想飛的欲念。

我們回到許貴的家其他人也已經到家。此時都在客廳打電動。我們回房間，喝大量的水，Kaoru 拿出大毛巾鋪在地上，眼罩戴上，便沉沉睡去。我實在不睏，在房間裡走來走去。許貴把泡麵裡加了蛋，和青菜，很飢餓的在吃。

我說許貴。許貴就站起來從冰箱又拿了啤酒給我。我之後回去找我舅。他說，他在上海。我坐著喝完。啤酒真是無話可說的人的飲料。我便懷著這樣欲言又止的念想去倒在地上睡覺。

到了早上夏威夷的日光慷慨的照射在我臉上，我發現了床墊確實是生活必需品。但我們要去坐飛機，要去大島。

大島是一塊塊岩石組成的，是一塊巨大而崎嶇不平之地。我在機場辦好租車，我，許貴和 Kaoru 便坐入這輛紅色的車子，在這塊火山地上上上下下的前行。左邊是火山岩，右邊是火山岩加入一叢叢的枯草，形態猙獰的荊棘。有時候則相反。我們便沿著這樣的風景持續向前。我開車。開車子載著人的感覺很不一樣，他們變成了我的眼和嘴，你看那邊，Kaoru 會說，一個屋子，可能有人住。我根本沒看到，我只能僵硬的對著前方。那是一家日本人，我認識他們的兒子，許貴會說。是個小混蛋。

有時候許貴會在一條雨林般的路上說，停一下。我便在那茂盛的綠色旁不具技巧的停了。許貴會說下車，裡面有吃的。我們便跟著他進了一處民宅，裡面很暗，有個穿長袍的女士，頭髮像綿羊那樣蓬鬆，自顧自地在個大木桌上，做一種搗碎魚肉加上米，用大樹葉包起來煮熟的菜。我們看著她一陣子之後她才發覺我們的存在，然而她還是做著，把一盤菜裹好，彎著身子放進大鍋裡煮，再慢悠悠的從一個竹簍拿出三個遞給我們，遂在木桌前開了吃。說不上好吃不好吃的，很純粹的食物。那女士還拿了一盤木瓜和芒果來，橘和豔紅色。吃飽了許貴打聲招呼我們便走。

還有時候，許貴會說停下，在一處海岸邊。我們下車，許貴會指出這一處海像碗這樣被礁石包圍起來，特別靜謐，我們就在岸上望著，或直接下去泡泡。浪很緩，水也柔軟。我看到遠處有一處高出水的大礁石，我就發奮向它游過去，當我試著爬上礁石的時候許貴已經在上面，那很粗礪，我爬上，然後 Kaoru。然後我們爬踞在上面，像海龜一樣望著海水。海水是這樣，遠看是藍的，近看是綠色的，而你用手舀起來看卻是無色而透明的。那不是很奇怪嗎？

我們的目的地是火山公園。而當我們終於厭煩了從車裡爬進爬出，便直直往那裡開去。路上開始像水族箱一樣招展著巨大樹葉，我打開窗戶，空氣溫熱，葉面潮濕，葉子上聚集著水珠。

車子在某個點被迫停下，我們朝著那走過去，我說的是火山口，從遠遠的便可以看到那一點橘紅色，冒著黑絲的煙。看到有密集生長的竹子，蕨類伸展或緊縮著它們卷曲的葉，看起來像分成三層的蛋糕。

隧道在前面，呈現橘紅色的漏斗狀，許貴，Kaoru，我魚貫進入。前方是一個大陸團，導遊激昂的用喊叫的聲音介紹，某次的火山爆發，熔岩橫流，從海裡灌注，夏威夷當地人視為女神的憤怒。

地面很濕滑，時而冒出像筍那樣的尖芽，或拔高起來像鯨魚巨大牙齒那樣的物體。我覺得自己像進去某個生物的巨大腔體，潮濕而闇黑，像懷了一肚子的祕密。我們一直走，而不說什麼。在黑中行走的時候，感覺像你失去自己的形狀，原本裝著你的容器消融了，若是把別人的聲音包括進來，成為你的另一個聲音，於是我們便成了一個笛子那樣多竅的樂器，一下從這裡發出這樣的聲音，一下從那裡發出那樣的聲音，這很好笑。

我便在暗中發出笑聲。哈哈哈哈。這聲音傳開，先是點狀的，波波的跳動，然後撞到牆壁反彈，然後撞到牆壁再反彈，整個碎掉，再嘩啦啦的披蓋下來。許貴他們也炸了，送出幾個拔尖的高音，一時之間，水波盪漾，整個洞穴叮叮噹噹的像是要爆了。這讓我想起淹水，小時候的學校淹水，淹到腰部，所有的東西從四面八方漂了出來，包括垃圾桶，掃把，和某人的便當。全部人沐浴在世界末日的歡欣裡。

我們奔跑起來。那些聲音和碎片被拋在後面，讓這跑像流星的尾巴一樣長。跑開了一大段，仍是洞穴裡。仍是黑暗和回聲，那彷彿已經不合時宜，而我覺得這裡無窮無盡。腿變得像軟掉的橡皮那樣，我伸手而觸及旁邊的粗糙的牆面，我說Kaoru你不怕嗎，她哈哈說傻瓜才怕。然後我感覺她人一矮，她便席地坐下來。

怕不怕，她戲謔的笑，我手指觸碰到一個冰涼硬物，張開手握住了一個扁瓶子，我仰頭將內容物傾倒口中，苦辣的酒精熔岩般流過我的喉嚨，也許在我體內也塑成一個粗礪的岩洞，也許也澈底的黑暗而封閉，我閉著眼睛，喝下更多，這岩洞在我身體裡面開始一張一縮，長出了脈搏和心跳。延伸出了枝蔓一樣的手和腳，它們從我的鼻孔耳朵伸出去，踢弄我的鼓膜腹腔，先我一步拖著我跑動，如果這時候你看見我，也許以為自己患了視覺暫留。我動著，前面靈魂出竅一樣幻變出一個稀薄的我，再前面又一個更淡的我。

我摸到我的袋子裡，有盒火柴便把它給點了。火光四射，連岩漿都發抖。火也是搖來晃去，像喝了酒的人，我們圍坐下來，野人一樣盯著火。我們三個頭的影子，在牆面上搖搖曳曳，像從剛才的黑剪下來，貼到牆上。

我想起來高中一堂歷史課，那老師說，蘇格拉底說大部分的我們人就像活在洞穴裡的野人，背對著外面，盯著牆上的影子以為那是全部的事情。如果有一個人，比方說我，這時候緩緩轉過身來，先看見外面稀薄的景色，再抬頭看見乳白的月亮。一愣之下便壓抑不住的站了起來，走進了生硬的空氣裡，走向荒蕪。從此再也沒有回來。

許貴說，再不走天要黑了。我便把火滅了，走起路來。沒有多遠我們走出了洞。洞外是一片熔岩過的荒蕪，石面的僵硬的地，像想像中的月亮的表面，片草不生。以前我小時候有個來家裡幫忙的阿姨，她手臂上就有這麼一面燒壞的皮膚，她有讓我摸過，很厚和硬，你會知道這塊皮膚放棄了。這塊地就是這樣。我看了許貴，不知道他會不會想起什麼。果然許貴說了，這裡晚上一定有外星人。聽了他這麼說，我臉上就浮起一個現在正看著的天際新月般微笑。

沿路有帶著灰的風吹向我們，帶著火的氣味。如果火也有氣味的話。每當一走路，我就會想起來我有多喜歡走路。剛才的酒已經離開了我轟隆隆的頭，然而遺留下一種把物體放大的效果。我望向哪裡，那裡便那麼逼近我的臉，像透過放大鏡，變得異常清晰。我已經試過了天空，許貴的背，和一片大樹葉。那就像我得按捺住所有的力氣，不去大喊世界真是個奇怪的地方。我是說，有時候我真的會有這樣的力氣。

最後我們在一處離海不遠的高地，看著熔岩流入海裡。熔岩堆疊在一起，像巧克力糖漿那樣層層疊疊，最後漫入海裡，冒出冷卻的雲霧，和一叢叢的火。如果你不去問看這個做什麼的問題，我可以站著看上好幾個小時。就像在臺北的我爸家隔壁，有個冰店，不時有人進去點個霜淇淋，你看過那東西嗎？拿個尖錐餅在下面繞著，一會便高高的聳立著。我心裡就會有片沒有形狀的雲霧漂起。

傍晚我們在火山公園裡紮營。就像在月亮上建一棟小房子那樣，像一群逐火而居的人，許貴和我又升起了小規模的篝火。天空不怪古代人誤會的，是半個碗倒扣著。星星非常華麗的升起來，它們原本就在那裡，只是被白天的亮遮起來，等到燈一滅，它們就自顧自地在那裡。我們就帶了些餅乾和水，條狀的巧克力，此時許貴打開一條，舔著包裝紙上的融化糖漿。Kaoru聽耳機裡的音樂。酒已經太早喝完，現出了原形。我說我去走走，便拿著手電筒照射出一條路來。

地不是地而是凝固的巧克力，凹陷和凸起的縫隙在面前皺折，長出草兩三根，帶著我鞋底發麻，走出幾步後我回頭張望，帳篷還在原地，那兩人維持同個姿勢。我於是走出更遠，月亮高照像一具銀白色的魚，我亦游得不知蹤跡。我越走越遠離，地勢隆起，我隨著往上走上，我極可能漫遊在外太空的某個國度，一翻過山嶺，就是個密密麻麻的外星城，時間是地球的六倍快，或者是不存在。時間不存在，空間不存在，人和人之間用電般的意念溝通，或者不溝通。所有人共用一個巨大主機。意識像水從水庫那樣分流而出，只要你喝了那水你便懂得一切，你若想回家眼睛睜開便是家。不用理由。

我們的旅程結束在一處樹枝環繞的海灘。早上從帳篷裡像地鼠鑽出洞來，背部和地面同樣僵直。睏意像一片濕潤的雲浮在我的頭上，隨時要降下大雨讓我不支倒地。

開始收帳篷是在薄霧的，充滿涼意的空氣裡，收好所有東西坐在車子裡則是在焦躁的鐵的悶熱裡面。車子往前開動像一隻緩慢的獸，剛才甦醒過來，正伸展腿和腰，幾下之後便快速向前躍動。

我們三兩下開出了熔岩區，開出了雨林區，整個公園遠遠的在背後。我開車，許貴坐我旁邊，閉著眼睛，窗戶開著叼著菸。Kaoru 在後面，永遠的耳朵裡連出兩條白線。我們經過了高高低低的海岸，經過了一次隧道，一片乾枯土黃的草原，一群沒有色彩的平房。它們那樣用力的擠進我的眼睛，以至於我看到一區藍海在樹木的懷抱裡，我差一點直直開進海裡。

在沙色的沙子上，有三個笨鈍的海龜，趴在沙上休息。我沒有離它們太近，只有從稍遠處看著。它們睜著眼睛看著，好像沒有事是確定的。我等了半天，它們仍一動也不動。我只能放棄它們到了水邊去，水又溫又軟，如果有選擇，我願意躺在水上，就這樣漂流回去加州，而不是擠在臭轟轟的飛機座位上十個小時。

然而我就是擠在飛機上，Kaoru 坐在我的後兩排，我不用看便知道她的現況。閉著眼睛坐著，聽著白色的線裡傳來的聲音，像在飄浮。我被迫擠在兩個高大的白人中間，卡在前後左右壓迫來的狹小空隙。關於飛行，就算在飛行中的飛機裡，只能大多靠想像。你說要是我有選擇會如何？如果真能，我想肉身飛在空中，雙臂大開，頭向後微傾，眼睛因為雲和霧而瞇著，或因為全速在雲和雲之間向前衝撞著，全身的衣服因為撞擊裂成了絲條，但我不理會，我只顧飛著。

我會偶爾往下看看，隔著雲層的縫隙，地面上是深淺不同的塊狀綠色，偶爾是刀疤般的褐色山壑，再偶爾是生長紋一樣的銀白溪流，然而我不在意。原因是，你曾見過飛行的人在意地面上的事嗎？我只有看過地面上的人，像看著隕石那樣，張嘴望著天上的物體，幻想自己也在天上。

我從天上向下注視著洛杉磯，發現自己毫不嚮往。我覺得它很古怪，而這感覺也許是互相的。在裡面的時候，我感覺像個患了感冒的人，像鑽在一塊巨大的無異質性的乳酪裡，沒有電梯，沒有高低和別種質地，如果要前進，只能張口不斷吃進那乳酪。就算厭倦到吐了，吐出的還是乳酪，吃進的還是乳酪。這過程說溫和很溫和，說殘酷很殘酷。

回到學校後，我面臨一連串的意外。一則是，我的室友轉學了，因此另一人搬了進來，這室友整天我出門進門便看到他一動也不動的坐在原地，靜靜地進食。他讓我想到我小時候養的一隻兔子，它一直吃一直吃，最後卡在籠子裡。我忘了它下場是什麼。但這位先生極有可能步上。每到了傍晚，他就在桌上勞作一樣，捲出一支細小的菸點燃。房間裡因而聞起來像是一種草蓆，有點令人懷念。他因此更加食慾大開一晚上吃下四個漢堡。

再則是，因為去了夏威夷，我沒去考一個試，因為沒去考試，那科的英文老師宣布我會被當。這產生了一個問題，我媽寄來的學費是固定的。而英文課便產生了額外的費用。而我必須補上其中差額，也就是三千美金。

因為有了移動方式，我滿不在乎。我走起來便開了車到了山下的超市，問他們有沒有缺人。收銀員和包裝員倒不用，他們說，或是那個禿頭的店經理說，他們倒是缺一個週末駐超市裡相片沖洗店的店員。我便說我可以。

週六從車裡開始，八點起床，走到樓下鑽進車裡，轉瞬便到了山下，停車進去超市，用錢買了香蕉來吃，接著就鑽進店裡。

店鋪在超市的一角，主要是塑膠殼塑起來的一個櫃臺和後面木板隔間的沖洗室。兩者間是臺架設起來的照相機和一個白色布幕，以供人走進來照相，櫃臺上方一個燈箱閃著 1 hour photo（一小時照相）。

我便再鑽進沖洗室，像洞中的洞。先調好顯影劑，把底片用機器像麵那樣旋出來，戴上手套，把它們分批泡進那些深紫色的湯裡。時間到了便洗掉，來回數次，之後夾起來晾著乾，像濕淋淋的海帶。

若有人在櫃臺按鈴，我便出去，接過拍完的底片，給他認領的單子。或請來人站在布幕前，數到三準時把鍵給按下，像發射手槍。

不斷是事，一下是人，一下是鈴，一下是底片，而一下是必須去廁所。到了六點要收店，把藥水倒掉水槽的時候，我好像也跟著流去。我駕著車往前開，到海灘上坐著喝水，曬曬黃昏。太緊的鬆開，太鬆的推回去。然後在學校晚餐收攤前回去，塞下一些東西在肚裡，然後在室友看電視的吃吃笑聲中睡去，這是禮拜六。

禮拜天通常人少點，我不清楚原因，也許是禮拜天拿底片到超市去洗，想起來就是件討厭的事。我便在沖洗房裡弄著，極慢地處理一個又一個步驟。有時候我把照片晾了，便走到超市外面的停車廠站著，我在戒菸，因此拿著汽水。戒菸的理由是省錢，喝汽水則是安慰失落的嘴。抬頭會看見天空中銀白的一點飛機，我就等到飛機慢慢慢慢的移動開來再回去。

晾著的照片已經乾了，人影凝結好，像飛機一樣展翅欲飛。我把它們攤開看，我得說拍這些照片的人，也沒有什麼事做。多半是海灘上的，各種玩鬧。把人埋進沙裡，在睡著的人身上堆兩個胸部，舉步把好幾杯啤酒罐敲在一起，或女孩子站在水裡，戴著大草帽微微笑著。我發現自己邊翻著這些照片，臉上也顯出微笑，從外觀看來必定很蠢。我分袋裝好，等人來拿，一面在櫃臺後面吃一個即將過期的沙拉。這是第七個在超市度過的週末。我在想一個事情：我到底在這裡做什麼？

我發覺一切的問題來自洛杉磯。

這很不負責任，但這種不負責任讓人很興奮。我脫了上班的背心，去到車裡開走，待意識到的時候我已經在公路上，然而這只是個預習。我剛在短時間內想出來了，如果以存到的錢，加上宿舍的錢，接下來的暑假我極可能去外州，且先別管哪州，去修英文課。

這想法在我體內搔癢。我覺得腦內一空，接下來就很輕鬆。眼前的車龍和霧朦朦也弄灰不了我。我隨即下了交流道，右轉再左轉，開到韓國城去。

洛杉磯的韓國城。有餘錢的時候我會開車過來，這裡有許多東西吃。有兩次我跟過韓國人室友來。有賣紫菜捲的攤子，一對夫妻在桌上用力捲著，我喜歡看那太太唰唰地切著，它們遂像車輪那樣滾開倒下。

或賣辣年糕的。紅色的醬，白色粉筆一樣的年糕。有一家的烤肉是用木炭烤的，我那練健身的室友說，整個屋裡是濃煙，賣的冷麵是白色的細麵，上有浮冰，青瓜絲和蛋。我會加好多醋和芥末進去。變成一股又嗆又酸的冰冷。然後我把它吃進肚子。

韓國城的酒吧我被找去過。必須要坐在一臺桌前，邊和女孩子說話，邊咕嚕咕嚕灌好多啤酒，還要顧盼著哈哈大笑，做出高興的沒心肺粗胚狀，去一小時便累到極點。我記得上次去坐我旁邊是個長髮的女孩，她們皆留黑色的長髮，穿著短而緊的上衣，和大件的垮褲子。這女孩有著極重的韓國腔，就是F和P會分不清的那種。她花了很多時間和我訴說她小時候飼養的小白鳥被老鼠挖空的事。早上起來看到它躺在那，裡面都空了，像個鳥殼。她說完，便極悲哀的往前看著。我不知道說什麼，便也像個空殼子發出哈哈大笑。現在我想起她在吵雜聲中看我的樣子。

換我自己去我買些東西就回去。紫菜捲，去超市買飯盒或泡麵。今天我想坐著吃，便在一個小店前的廣場停了下來。是個媽媽自己開的小店，我某次來發現的。賣牛肉湯飯，炒粉絲，石鍋拌飯之類的東西。那媽媽穿著韓國正流行的金屬色絲襪，腿部像十八銅人那樣亮到會反光，讓我想起我媽。我媽不穿絲襪，但身為大人他們皆有種共通的一本正經的可笑，或可笑的一本正經。不過真的笑他們就太殘忍了。

那媽媽銅腿極快的飄移過來，放下鐵鍋裝的拌飯和小菜三碟，煮的南瓜和泡菜之類。過會又拿來可樂。她看我拌的樣子，便搶過扁平的鐵湯匙，上半身化身成攪拌機那樣拌勻了。我本來想分開一樣樣慢吃，不過那就算了，便把可樂都喝得一點也不剩。

我看著天色，天空是霧藍色的，邊緣黑下來。再過一會，會換成亮面的寶藍色，亮得讓人心動，就能乘上夜晚的公路。一半是車，一半是尾燈拖得長長的尾巴。

我的車燈搖曳，照亮面前的斜坡向上，轉了幾轉便上了奔馳的公路。我很久沒有夜間開車。夜晚和公路俱有種不能抵抗的魔性。當兩個加疊，我就此踏入了這座長河。當速度漸穩定下來，廣播電臺裡都是些寂寞的歌曲。我空出的手轉來轉去，然後索性塞入從家裡帶來的CD。蔡琴唱歌給我聽。在密閉的黑裡，我並不慚愧。她用那個熟悉的聲音勸人把今宵多珍重。現在臺北早上八點，我媽應該是在家，正準備著出門。如果瓶中的信會有感覺，那就是現在車子裡的我。飄落在海中，帶著過時的信息。

車外的周圍是山壁。黝黑堅硬的立著。在一個夜裡在車裡這樣無目的的漂流，若換了別的青年，可能很容易的想到這一切的意義是什麼，這一切指向那裡。但不是我這個青年。我是說，我不是沒有做過這樣的事，往後想，把所有的事當做一條線去推理，像隻猴子爬鋼索那樣來來回回的，高中之後，便再也不做這樣的事。我發現這一切只是徒勞。只是會動的鐵盒往前。

沒有串連，沒有邊界。

高中的時候我爸有一陣子下班回家，開始會呆呆的坐著。像被抽了筋的烏賊那樣。形狀在但失去了靈魂。我媽看了就一般民眾地表示了關心和要陪他就醫。我爸拒絕了。

他寧可在黑中長久的坐著。那陣子我晚上起床上廁所，很怕碰到他。他像貓那樣峙在黑暗裡，弓著背，眼睛燒出燐光。另一方面我便聽到了我媽在房間裡翻來翻去，有時候哭。也難怪我爸煩，聽起來就像抽水馬桶不通那樣的抽噎聲。有時候睡不著，她就起來喝酒，在7-11隨便買的小罐烈酒。她喝了一兩杯後就可以睡覺。我有時候撞見她坐在餐桌前等酒意上來，臉上和身上都是深淺不一的紅塊，眼裡是水光。看了很可憐。

後來我爸進入了哲學時期。他班不上了，從圖書館借回來好多哲學書，康德，黑格爾，沙特。他每天就坐在那裡讀，像準備考大學一樣狂讀且勤做筆記。有時候我走經過，他便把我叫住說你猜我們來這一趟是為什麼，你猜是什麼。

不等我回答他便說起來，是為了細胞的連結。是為了和宇宙深處的黑盒子做連結。他那樣說個不停我也不好阻止。那很像看著人在用紙糊一個房子，你知道那不會成功但你會忍不住一直看。我一面看著我爸的身體。那凹陷的胸和凸出來的肚子。連頭皮上都有老人斑。腿像枯枝那樣。我當時是個唯利是圖的考生，學校叫我們只管考試不論其他。然而我想我不聽他還有誰會理他，就坐下來聽了一小時，然後又一小時。那時候我沒有車只有腿，直到後來我就走出去。再後來我爸就和其他信眾連結，搬出了家裡。

我那時候，也很徬徨。這是現在的我才發現的事情。我常在去學校的路上，走著走著就發現自己不在路上了。人在外面的時候，想到在學校一整天的日子會感覺有夠荒謬。密閉而充滿注視，赤裸裸又不被看到。我於是走上了街道，也不為什麼，就是在自以為的開放中走過來走過去。我想像自己不是個棒狀的人類而是蒲公英一樣的發散物，風一吹來就解散開來，我還是我而無處不在。問題在於單位，我告訴自己，單位。

我已經開了很久，無意識的下了交流道，又再開了一會。不知道自己在那裡。我向外望望，我正往南，過一下子就會到帕沙迪那。我去過一次，都是商店的街，旁邊是棕櫚樹。此時是關著的。只剩下一家美式連鎖餐廳開著，寥寥幾個人。我緩緩的駛過街道。有睡著的椅子，打烊的公車站牌。前面再走就是一系列的平房。我調頭回去。讓沉睡的沉睡。

●

你說你要去德州拿課？坐在我對面的辦事小姐說。她是個紅髮的人，臉上像全麥麵包一樣滿滿是斑。你辦了手續沒？

我填了一些表格，在德州州立大學的系統裡的一處小學校。阿靈頓分校。我簽了一些文件，到這學校的臺灣學生會刊登暑假找房的廣告。這時候電腦下方出現通知，收到 email 一枚。是宣布當掉我的英文老師寄來，文中措辭強烈暗示我即刻去找他，否則後果將不堪設想。

我的嘆息消逝在喉頭，然後我便從山上走下山坡，教職員辦公室在另一端，走下長長的樓梯在地下室。莫瑞先生身著西服坐在裡面。

我們都了解你錯過了許多課。他說。對英文不是母語的人來說不是好選擇不是嗎？

亞洲學生，我教過的，一般來說，誠信而努力。而你覺得自己可以是一個例外。讓我們來找出為什麼。

簡單來說，我恨莫瑞先生。不光是他蠟像般的臉和詭異的領帶選擇，藍底上面印滿了綠色鈔票，還有他喜歡用我們來代替你的習慣。奇異的讓我想到我和他被綁在一起在水裡掙扎的畫面。

那白髮老頭接著說。你願意再為英文再盡一點努力嗎？如果你聽得懂的話。他臉上帶著一種寬恕的笑。

你知道有個字，inscrutable 嗎？莫瑞先生突然站起來，在身後的白板上寫，筆發出滋滋的聲音。

高深莫測的，就像你的臉。對我們來說，你們的表情都很難閱讀。

去吧。他說。

我回到宿舍，繼續進行接下來的遷移。我把衣服裝箱。我把帽子裝箱。我把鞋子裝箱。再把所有的餅乾泡麵打包送給我室友。他因此停下了進食。

你要去哪裡？他問得有點害怕。

我要開車去德州。

要出發前一天 Kaoru 來找我。去買吃的吧傻瓜，她說。她在我宿舍像在家一樣，還和我室友聊了一下，稱讚他的檯燈很好看。就像和寵物講話一樣怪。

開車出去，我往東開，經過海和公路，人群，然後繼續往下走，街的色調變暗，人的膚色變暗，我在一個墨西哥區的街角停下來。這裡有個破店賣

Tostada，一種類似墨西哥版本的披薩，在玉米圓餅上擺上烤牛舌和洋蔥和辣醬。一咬，上面的東西就傾洩而下，我就再堆回去，再吃還是這樣，然而還是會吃完。我在第二個來之前灌入可樂稍作休息。Kaoru 發話。

你好像完全不記得我也來了。

我不好意思承認是有這回事，便拿起第二個餅。

你車裡都是東西，要去哪？

我便說了德州的事。她聽的態度像確認一個長久以來的擔憂。

你這傻瓜。她嘆息著說。要不是我回家我也和你去了。他媽的你也不早一點說。公路旅行耶。

過去我攔劫不到未來我，我簡短的說。

回到未來第二集，Kaoru 說。她就是這麼扯，我有DVD，回去給你。她說。走吧。要下雨了。

洛杉磯從不下雨，這是一個半事實。事實是就算下了，人們會假裝沒有這回事。我猜是因為他們太驚慌了，不知道如何隱藏。上次下雨是八個月前，而我的上個白人運動員室友在看到我拎著把傘走進房間後笑得從床上掉下來。

我的老天，你從哪拿到這麼蠢的東西。他揉著眼睛說。那只是水呀，老弟。

所以這次我和 Kaoru 從容的走回車上時，全身都已經溼了。黑金剛上全是水滴，好像全身是汗。我才想到買回來之後好像從沒去洗過它。然後它在水滴裡穿來穿去，正要調頭，Kaoru 說等等，去小東京買個東西。

我便轉了轉，小東京的紅色牌樓就在不遠處，就算才吃完飯，Kaoru 鑽進超市，便買了幾串烤的丸子，吃起來就是熱麵糰沾醬油。然後她買了一堆很重的醬。我買了巧克力和罐裝的綠茶，然後有了郊遊的心情。

你到我宿舍停，給你ＤＶＤ。

Kaoru 的宿舍就在停車場旁邊，不知道她怎麼弄的，用氣喘為名義，申請到了單人宿舍。光是走廊就被她堆滿了東西，都是些海邊撿回來的石頭和木頭。進去就是個拾荒老婆婆的房間。倒吊著乾燥的草和花。魚鱗做的拓印畫。撿回來的輪胎疊起來做成的櫃子。唯一照明是她用鐵釘在牆上釘了一堆，然後用發亮的電線纏成的一個星系圖。我覺得酷。

你看，在這裡。她像鼴鼠一樣鑽進衣櫃叼著ＤＶＤ出來。

她邊拿出一本相簿來翻，邊懷念的看著。

我到處看看，這傢伙實在過得不錯，宿舍沒有廚房，也不妨礙她自己接了電磁爐和烤箱，旁邊用紅酒箱堆起來一個木櫃，都是老家寄來的名產，還在窗口種了薄荷和檸檬草。還曬著一盤咖啡色的東西。

這什麼？

蘑菇。我種的。你吃。她像傻瓜那樣說著簡短的句子。我說打包吧，便包在衛生紙裡帶走。

活著回來。我關上門的時候她說。

●

我在一大早出發，在早起的時候，我總是感到一陣欲嘔的煩悶，然而在這天的早上，我甦醒，並感到無比的清新。我於是乘著這股清風出發，經過了海，上公路，然後沒兩下便被困在清晨的上班車陣裡。

我不灰心，烏龜一樣默默的排著隊，一面吃了香蕉。前面每輛車的背影落寞，彷彿發出嘆息聲。我在方向盤上攤開地圖，像在電影裡一樣。用藍色原子筆塗出來的路線向東沿伸生長，細細漫漫，先路經了鑽石吧，河濱城，朱魯帕谷深色山巒起伏，然後是棕櫚泉，再探入了亞歷桑納州，在一片土黃中前行，險險要斷一樣，在鳳凰城點狀的停留，在畫破紙張前再前行，經過了一個叫水晶鎮的地方，再鑽入了德州，自此一筆滑溜，到阿靈頓。就是這般。美國實在很大。大到就算你是螞蟻大小，在這塊地圖上爬行，都會感到假想的自由。

前面的車群忽焉鬆動。乖順的跟著前面靠著右走。我待在左側，短短同路，便得和這些兄弟說再見。

開長途我也是第一次，我的想像是呼吸要均勻，不能太過急促。全身要柔軟，肩膀不能緊。可能有點像在游泳。最重要的是不要和別的車比，不要因為旁邊的車快而快，然而這個原則我很快就放棄了。規則變成猜前面的車要去哪裡。像剛才前面的紅車的車牌是亞歷桑那州的，我就猜他要回那裡，跟了他一段，他也一副無所謂的樣子，忽然就換道出去了。我悵然了一陣子，接著發現從旁邊摸過來一臺銀車，我喜歡她滑溜的曲線，和果斷的態度。比方說前面有個白車，要開不開的死人樣，煞車燈踩得閃閃爍爍，她便魚一樣閃過它，在旁邊道開了一段，加速得不著痕跡，再輕巧的繞回它前邊。

我便決定跟著她，她也就那樣似笑非笑的在我前面，有時候也去和別的車子玩一下。有時候帶狀而層層疊疊的高架橋閃過頭頂，那像是一種觸覺，就像有人觸碰了我的頭部，然而也是一閃而過，像穿過海裡的廢墟，在恍惚中，我發覺紅車已經不見，消逝而不能挽回。

在週遭亦開始出現沉船般的大型物體。先是深色的，鬱鬱森森的樹木，忽而是巨大的石頭山，像乾掉黏土一樣的地，既然有適合開車的音樂，想必有適合開車思考的事情。像天氣，空氣和山林火災。我想著那些事情一陣子，然後發現自己想著水分的事情。

我游魚般慢慢接近了出口下來，降至綠藻聚集的休息站，那綠色是由星巴克、Subway 等連鎖速食店組合而成。像一片片荷葉盛開。我把過熱而浮躁的黑金剛停在可以找到的樹蔭底下。出得車來，到處散著手持大飲料，身著短衣短褲的胖人。我排了隊上了廁所，之後到麥當勞買了雞塊和紅茶。那口味如此一統，讓我覺得可以是置身在世界任何地方。然後我也餵了黑金剛，它邊吃油我邊看地圖算算盤纏。

有個白人不斷打量我，在我隔壁加油的人。高個子一頭金髮的男人。穿著 Texas 州旗的白色T恤。散發出一種南方人的快活。

你要去哪？他過了一會終於開口問了。

我無意細說我的計劃。我只說了打算做一個小旅行。

多小？

美國人就是這點討厭。不管你在電梯，在加油或在噓噓，他們如果想要聊天你就得陪他聊天。

我於是說了我打算開車去德州。

那太完美了。我太太，哦她們沒和我出來，我有兩個女兒。她也是個亞洲人。她在中國生長。我們住在奧斯汀。你要是過來一定來拜訪我們。

我接過紙條，打算在接下來的車裡再想想這件事情。我邊開著滿缸油的車，邊想起暈車的事。小時候我曾經嚴重的暈車，那感覺很像突然被什麼勾住，被某種網捕獲，然後扯不開，像腳踩到口香糖，拔起來又黏在一起，拔起來又黏在一起。

有什麼在我頭的側面敲擊。是某種回聲。從某種遙遠的遠處所傳來。我稍微側頭想了一下。方向盤為之傾斜而車身隨著輕輕搖晃了一下，和隔壁的車擠出一個單字的距離。

高深莫測的。我繼續開著，雙手握住方向盤，再沒搖晃車子。inscrutable. 我剛想到。之前不知道躲在哪裡。可能在右耳的後側。亞洲人。

我被一種暈眩捕捉，像幼時坐在車上後座的噁心欲吐而下不來。我一直暈車到很大，直到有人教我一種搞笑解法：在後座假裝自己在開車，手持假想方向盤，隨著車轉彎而轉，不知道是視野或注意力轉移，暈車不藥而癒。

我因此伸長目光，看到前面便是棕櫚泉。我從未來過，就跟著車下去繞了一圈，綠油油的棕櫚樹，周圍是高大的仙人掌，背景是黃色的山和枯草的地，再往上是高闊的藍。又通俗又寂寥，因此給我一種滑稽之感。我因此決定這是此趟我對加州的最後印象。我上公路頭也不回的走了。

我就像個滴溜溜的球滾走了。小時候我奶奶會這樣叫我，小球。唉呀你看你個小球滾的，奶奶都找也找不到。奶奶自己也是矮胖胖的，我奶奶後來是慢慢的死了，死在她的身體裡面，前年看到她時候已經不認得我們了。如果我有一天要死，我想這是最安全的死法，與其躲起來，一下子死得不見了，不如在大家都看得見的地方，就這樣慢慢的死了。

一路開，沒有看到多少生物，我突然想到。路邊一眼瞥去盡是些死物。對來自一個水溝蓋旁邊都長出小黃花來的濕地之人來說，這些景象真怪誕。兩旁皆是礫漠。巨大光滑的岩石堆疊，像亂纏電線的電線杆一樣筆直的怪樹隨意生長，圓柱狀的綠色上頭長滿尖刺，地上是毛刷般粗硬的灌木叢。中央劈出一條大路，上面開著個乾澀的我。

我不用下車即可以得知那裡的焦熱。所視一切都散熱出在煙中的輕微搖晃感。我也許是到了海。在某個地方海的觀念，和人類的相反，海是極乾極熱，堅硬而多刺的地方。我如今是行走在他們的海底，即人類的路上，穿過他們認為的瑰麗無邊，而我們的貧瘠。我繼續前行。而也許這個海的浪是無法看到的，此時此刻，這地方有沒有所謂的時間呢，正打在車子的後窗上。將一切打爛打碎，透明的水灌入車裡。

我可能已經死了。

這時候我心中的目標，已經無聲向前延伸到鳳凰城。在那裡我只認識馬蓋先的朋友，鳳凰城基金會的老皮而已。離城市越近，剛才那些撲面而來的野性就收斂了下來。然後是一棟兩棟高起來，然後是整排齒梳般的天際線，非常奢侈的出現。我很自然的湧現「這個城市呀」這樣的想法，但隨即又提醒自己，別假裝熟了，只在這裡停一晚呢。

在暮色中到達是經過計劃的。如此才不會在黑暗中摸索著找尋住所。但同時也是因為天暗得晚，將近七點天色仍然亮著。

我看過希區考克的《驚魂記》，來的第一年在TMC頻道上看過重播。然而我還是選擇了汽車旅館入住，中央的游泳池周圍都是房間。我的在一樓。整夜可聽到來回的腳步聲。月亮倒是低垂著，照在游池裡。

早上六點我便出門，先在城裡繞了一圈，盡是些面貌嚴肅的政府機構。大而灰色，旁邊是面貌歡欣的棕櫚樹。我停在一個超市買了水和香蕉。那裡的照相部工讀生看起來百無聊賴好無聊。我開上公路，像回到一個舊地，我對於景色不膩，但漸漸的習以為常。紅色的岩石映在我眼裡長達數十小時，幾乎嵌入眼球。為了能在三天之內到達，我決定了今天停下的時間越短越好。中間我僅停下兩次加油。加油站是那樣破落蕭索。一副連被搶劫都沒有興趣的樣子。

我到達奧斯汀的時候是晚上八點。天剛昏暗下來，終於進入德州讓我全身為之一鬆。我搖下車窗，吸入可口濕潤的空氣。路上傳來音樂，跑步的人散落街上。由於某個音樂祭的關係，我去了三家旅館皆客滿。

我決定先停下車來。由於坐了太久，我坐在餐廳裡半個小時仍以為自己坐在車上。我注視著面前的胡椒罐，確定它是靜止的。

我吃了一盤的水牛城雞翅，並把附的芹菜全部沾了醬熱心的吃光。這是著名的第六街，充滿狂歡的人，酒精及嘔吐的氣味。我也許能睡在車上，如果找到一處安靜點的地方停。我思考著。然而我發現自己的手在口袋裡摸索著，掏出了紙條一張，是在加油站拿到的德州男子的電話。

我讓指頭動作起來打了電話，對方發話的地方非常嘈雜。是啊你來了嗎，我們在音樂祭。好的等等見。

我坐在座位上暫時沒有思想，喧嘩聲穿透我而反彈。我覺得好疲倦，幾乎原地就睡著。一家人穿越了人群渡海一樣抵達我旁邊。上下兩層頭的是爸爸肩上載著小女孩，媽媽牽一個大的女孩。

走吧，到我們家去。我夢遊一樣跟著離開。之後我的車跟著他們的車，白色具靈性的動物在每個轉角給我眨眼睛一樣的閃燈。

在草坪後面的那棟綠色屋頂的房子顯得很安靜，一切都在它的意料之中，包括我的到來。包括我在黑夜這樣方式的抵達，頭昏眼花的，從門口那樣盲目而跌跌撞撞的。我在樓上的廁所盥洗的時候，聽到房子的，還有小女孩的竊竊私語。然而我的頭腦過熱彷彿要冒出火花。我一頭栽進一個無夢的黑暗裡。

早上是昨天的暫停又續播。黑色，咕嚕嚕冒著煙的夜晚，去頭去尾，直接移植到早上清香寧靜的花園。中間的消失無蹤。我遲疑著摸下樓。三個黑髮的頭抬起來望著我。

周紅的語聲很脆，像一把脆脆的穀片，有顆粒的。

你從加州開來的。緩過來了吧？很遠的。

還可以。

給叔叔倒杯咖啡。這話是對著小女孩之一說的。她們都像鹿那樣手腳纖長而寧靜，可能更像小鹿斑比一點。頭髮透出微微褐色，皮膚裡有點點雀斑。兩人用英文互相交談。

周紅邊做吃的邊給我來了個交待清楚，打陝西來的，西安。吃麵食吧。臺灣吃不吃得到乾扯麵。對這樣披頭蓋臉來的善意，在早晨不宜抗拒。然而我還是抗拒了。我馬上得上路呢，我說。

她倒也不攔我。

你要去的地方是個小地方。沒什麼亞洲東西。這樣吧我們正好要去，我帶你買買？

周紅說她來了十六年了，還是想做自己在家鄉吃的。想家這東西很奇怪，她邊檢查醬油保存期限邊說。我們在一個破倉庫一樣的地方，堆了一些發出陳舊氣味的乾貨，米粉，從雲南來的香料，不知道放了多久的香菇。她的兩個孩子用外國人的眼睛看著沒有懂。我想起我阿姨家牆面上的牡丹年畫，還有她認真剪下貼起來的發黃世界日報，週末她會去華人超市，極有可能在這一刻發生的，阿姨在貨架上拿下一罐豆瓣醬，翻過來確認製造日期。想家這事很奇怪。

我謝過她們又上了路。因為是德州一切皆大，路大人大天空也大。在路上到處是戴著牛仔帽牛仔靴的身形巨大之人。我聽說德州是美國最胖的州，但我覺得他們的巨大是有原因的。天空如此高曠不讓自己大起來不行。孤星之州。這是二〇〇二年，諾拉瓊絲的《遠走高飛》（Come Away with Me）剛發行，在街上她唱的〈孤星〉（Lonestar）隨風悠緩的飄揚著，那樣柔和的問句。「孤星之州，你在哪兒，今晚？」

我找到的住所是學校旁邊的一個六層樓公寓，裡面住的皆是學生。其中一個臺灣人回去過暑假出租他的房間，我因此可以使用他的床和桌子。他是個整潔而有秩序的傢伙，三層書櫃上L型．延伸出一片自己釘的木板，下面自己用紙箱堆成了書櫃，床底下一格格收納冬衣和臺灣帶來的CD。面對這樣的秩序，我只能以我亂七八糟的物品打破。

同公寓的還有兩個人，一個研究生住在連廁所的大臥室，還有一個博士生面容黯淡的住在自裝拉簾的客廳隔間，他的住處堆放了許多標籤未剪的女用皮包，無車的他搭公車去outlet買來再寄回臺灣，以差額做為生活費。當我知道他是房東的時候，對他充滿了尊敬之感。

他們皆樸實節儉且非常謹慎，散發出職業介紹所般的務實感。他們帶我到開車三十分鐘外的一處德式燒烤吃飯，我們在空曠如數個籃球場大的停車場把車沿線停好，巨大的女服務生送來牛的整排肋骨，像風琴一樣大。

我這才記起來，今天還是星期日。明天是週一的課，我倒在陌生而有他人氣味的床上沉沉睡去。

一半是因為無事可做，一半可能是因為在德州，有種遺世獨立的感覺，我遇到的人都非常迷籃球。每天飯後，學校的球場上都是劇烈晃動的人。這時候我便感受到私立大學與州立大學的差別。勞動好像來的更容易，更沒有計劃一點。這裡的人都健壯且時間多。亞洲人和亞洲人打，韓國人一群，一群是臺灣人，來唸研究所的直接剛下船的，還有一群是ＡＢＣ體壯而聲音宏亮。依洋化光譜而有不同的排列組合。如果光譜從黃到白，我猜我大概是外淡黃而裡面有些微黃的漸層。而這個顏色並不固定，隨氣候環境向左向右的偏移著。

每天早上我就開車到離家十五分鐘的學校。再走上十五分鐘到一棟大樓的五樓上課。班上有二十個人，上課的氣氛就像在駕訓班上筆試的過程，非常具有目的性。我隔壁一個白人女生問我從哪裡來的。我答加州。然而她臉上冒出問號。我於是說臺灣。於是她的腦裡起了風暴。你從臺灣到了加州，又到德州上課？這太瘋狂了。她說。我從來沒有想過離開德州。

我對於沒想過離開一個地方的概念思考了數分鐘，發現自己有點妒忌。

學校大得沒有道理，人人在校園內都換上腳踏車來騎。在週三下午我也去買了一輛。我開車到了市區的 Walmart，把車停好，從停車場花了十分鐘走進了碩大無朋的空間裡，經過了大包的穀物，狗和牛飼料，繞成圈狀的電纜，巨大的風扇後，從貨架上拿下了一臺腳踏車。拿下來發現車柄深藍，車身銀白。我思考是否應該騎著去付錢，但想還沒付帳前還是不要輕舉妄動。

我在收銀臺旁順便拿了牛仔帽一起結了帳，戴了帽子騎著車出來。上次騎腳踏車應該是國中的時候。我在停車場繞了一圈，踩下去的阻力和之後漸漸鬆開的滑溜感讓人很愉快，像吃著冰淇淋。我於是踩了又踩，感到日子悠長，而太陽很大。

我把車放在打開的後車廂裡，再用繩子綁住車門。我開著車去尋覓一客聖代。我開著車，四處搖晃，企圖從店招看出可能性，然而這是一個陌生的地方，最後我只能在麥當勞停了下來。麥當勞的聖代賣的是聖代的概念。透明塑膠杯，暗示著玻璃杯的存在，像融化的工業原料的巧克力醬，從顏色到香味提供我真正巧克力的聯想。總之，我把一切都吃光。

阿靈頓的夜晚特漫長。夜晚很黑，並且無事可做得難以想像。在八點之後街上就沒有人煙。我有時候騎著腳踏車出去，經過了停著的車輛，正在修的鋪著鐵板的道路，穿過夜晚校園沉睡的大樓。到離後門騎車距離十四分鐘的 Dairie Queen 買霜淇淋。店員是群快樂的泰國人。這裡有許多的泰國人，也許他們嗜熱。而我吃的也僅僅是一個夏天的意思。這裡不是鄉下也不是都市，而是一個離達拉斯二十公里的小鎮。盛夏的螢火蟲，和燈火通明的便利商店都不存在，我有時候往另一個方向騎車，穿過了灌木叢，經過荒煙漫草，越過飛沙走石踩上山坡，從這個山丘眺望，可以看見鎮的底端的小工廠，在夜裡開著叮叮咚咚的小燈泡，給人古舊的火車之感。除此之外就是黑。只要有燈，就算是工廠，都會讓人嚮往，這真奇怪。

我想著若是飛騰而下，不知道會遇到什麼。德州有很多奇怪的蟲子，我常騎車撞到巨大的黃蜂或金龜子。也許我撞到它們的瞬間靈魂交換，像許多的電視劇那樣。我用我現在許多複眼的眼睛看出去，看見的樹木像是刺繡組成的，又繁複又瑣碎。月光也碎成片片，像迪斯可球那樣，撒在我多毛的前肢上。我忙碌的翅膀震動著，發出高速的嗡嗚聲。然後啪一聲我撞上騎車的人，這次就真的投胎。

然後我回家看許多電視。正對著床，有一架厚重的電視。裡面播全國新聞和德州當地的節目，聽著那樣拖長的德州腔，他們隨便說的一件事情都好像有種祖輩的民間智慧。我都會相信。就像不遠處的龍捲風弄壞了好幾個穀倉，就像每個人都該有槍。

我轉到老片臺。黑白的背景與人，他們說話的節奏有種球一樣的彈性，又像跳著德州的方塊舞，3-2-1-3-2-1。我逐漸相信日子可以這樣悠長緩慢。

人無聊，於是吃變成了想往。我的室友兼房東在家中製作蘿蔔糕。從達拉斯的超市運送大量白蘿蔔，香腸和糯米粉。整個公寓都是生蘿蔔和白胡椒粉的味道。他忙進忙出的蒸煮，把成品晾涼，包裝再寄給客戶。他忙著這一切，以至於論文遲遲無進展。而修業年限又即將到達。每次提到這事，對話就溜滑梯到了黑洞裡。旁人只能靜觀他的留學被生活本身活生生的吞噬。

我去郵局寄東西，德州形狀的紅色明信片給 Kaoru，土產牛仔帽給貴州的許貴。我不知道他會不會收到。在兩封信上我都寫了「Hi，我在德州，這裡很熱。」我想不出還有什麼好說的。我寄出信，像寄出身在德州的證明。

在住的地方附近，有一個類似六福村的遊樂區。這可是件奇事。因為在臺灣或其他地方，六福村是個適合闔家歡或距離遙遠的地方。而在這兒就是個住家巷口的概念。我從室友處繼承了一年無限次數的年票，下午無事，便走去裡面。裡面粗獷而無垠，並且時而撒下水珠，製造出地區性的彩虹，和有違時令的大型走動的毛絨絨人偶。有時候陰影遮蔽，我從歡樂的七彩檸檬冰抬頭看，是一隊人馬從十呎高空尖叫著墜落。我走動著，手拿吉拿棒邊走邊吃，逐漸知道哪裡的廁所剛清掃過，何時去排魔術山人最少。

時值酷暑，日頭炙烈而乾燥。我有種沙漠之感，狂灌水而狂尿尿。

有一個館是「回到未來」。門口裝飾著那輛帶他們回去的紅車，DMC-12，走動著一個工作人員穿戴瘋狂博士的假髮和研究室長袍。舞動著雙手做出研究成功狀。只有我知道那男的叫賈斯丁是電機系四年級，有時候會兼任門口售票員。

布朗博士在門口排隊的人列前來回走動，故弄玄虛的問你們確定嗎？真想回到未來？不怕遭遇危險？不怕造成不可挽回的改變？？小朋友大聲答要，大人則面帶勉強的笑，可能怕不小心說溜嘴。請回到沒生他們的時候。

回到未來的玩法是這樣。在門口排隊之後漸漸被分做紅黃兩線，最後分坐兩車，車行駛入黑暗，到第一截點會問一預設問題。你要去你爸還是你媽的童年？不等回答，車早已設定好，分道揚鑣，紅色往爸，黃色往媽。有時候交換，根據一些未知的理由。

我今天選黃，沒有理由。車喀拉拉開動，停在我媽童年小劇場。媽是個金髮小女孩，正在鏡前梳妝自問，鏡子啊鏡子，我以後會和誰結婚。我們蹲踞在其下的過山車裡發出不懷好意或同病相憐的笑聲，好像忘卻車子後來去哪也超出我們的控制。

下一站，問題：你要去哪個高中？Dawson's creek High 或 Kingston High？車不由分說碌碌的向前者開。就是在這裡我媽遇到我爸。之後車子停在一個高中舞會場景。像週末的狂熱那個年代的裝扮。男白色喇叭褲，女A字裙高馬尾。六對男女歌舞了一段後，我爸我媽擁吻（一個我沒想過會說的句子）。之後事情似乎自己步入了正軌。行經了一段下坡道加上噴水。眾人尖叫。

在一個閃電加月黑風高的夜，問題又出現了：喬治或馬蒂？

喬治是我爸，馬蒂是回到未來的未來我。未來我到了過去，卻不小心讓我媽愛上我（又一個我沒想過的句子），以至於我爸陷入了真正的危險，他可能會失去我媽，變成一個沒人要的輸家，以至於我哥我姐和我都不會出生。

紅車黃車都義憤的選了喬治，兩車會合，濕淋淋觀賞喬治在馬蒂幫助下，打跑了校園惡棍而情場大勝，未來我馬蒂快樂的看著過去的父母擁抱。大功告成，車子魚貫出來。眾人接觸日光，大夢初醒意識到自己改變不了任何事。

坐了再多次，每次坐完，我還是忍不住想如果選的是另輛車，結果會不會不同。我爸也許去了別的高中，體悟到結婚路不可行，或是，我媽最後選了馬蒂。每次想到這答案我就感到輕微的不舒服，而決定不想了。

或是多一題呢？我今天想到。

車子在他們結婚之後安全平穩的行駛，紅燈停綠燈行，然後在藍色的家門口停了下來。

問題：如果有選擇，你想生馬蒂？或不生馬蒂？

天色暗了我該回家了。還有一些功課要寫。我都在走之前再玩一趟德州瘋狂騎牛。一個相當簡陋的泥濘地裡裝設有兩隻電動牛。要是騎上去抵抗得了那牛的瘋狂扭動不被摔下來，這次的入場就整趟免費。

我每次每次，都被狠狠摔下來。沒一次例外。不管捉握得再緊，腿夾得再安全都一樣。那牛轟隆隆動起來時勝負已定，你坐得久也好，它就是會把你摔下吃土。然後我穿戴著泥巴，走過人群，有人對我無惡意地訕笑。我走過街，穿過博士生正在燉煮東西的廚房，去洗澡。

有一個週末，我和室友一起開車去休士頓參觀太空總署。我已經很習慣長途車程，在四個小時距離內都算是在不遠處。去的原因是博士生發現了這週末是他們的公開參觀日，門票免費還有退休太空人的見面會，而我們沒有更好的事情做。

我聽說休士頓是美國最胖的城市，因此接近市區的時候，我不斷用眼睛追蹤那些胖子。他們也沒讓我失望，不但好找而且還真不瘦。

博士生邊開車告訴我各種事實和數據，太空人的訓練時數；太空人要經過戴著面罩關在衣櫃裡的測驗判斷他有沒有幽閉恐懼症；太空人的身體在失重狀態下會判斷自己不需要骨骼，一個月以１％的百分比流失，很容易死於骨質疏鬆相關的疾病。博士生開車的方法遠不如他的語言流暢，而是煞車和油門同時踩搭配吞吞吐吐。或許他要模擬火箭的起飛和下降。

我們停下，再換坐上接駁車，車停在巨大冰涼的 NASA 裡，許許多多銀色的儀器，按鍵與設備。人們輪流坐在椅子上拍照，手裡拿著話筒，裡面傳來一個重覆的聲音：休士頓，我們有麻煩了。大家都笑嘻嘻而胖嘟嘟的，好像沒有想到要是那是真的求救信號的可能性。

我隨著博士生坐在第一排，邊吃火星巧克力邊等待退役太空人的演講。他不久後就出現，像腳底裝了輪子那樣快速走出來，是個上了年紀的曬得很健康的光頭。他說嗨，露出全齒笑容。

他談了一些太空生活的事，確認了博士生說的那些事情。沒錯我們每天運動，有一次跑步機壞了，大家都比太空梭壞了還要著急。他微笑著說。

他提到生活中的不方便，在太空種植萵苣的經驗。和俄國太空人的相處。

然而我從他的聲音裡感到一種吞吞吐吐，像博士生的駕駛。他好像有話想說又說不出口。

「離我從太空回來，已經過了十二年了，」他終於說。「沒有一天，我不深切懷念著那裡。然而沒有一天，我感激這個把我釘在地上的地心引力。我在這兩種矛盾中生存著。」

「我想某部分的我，已經永遠的遺留在太空裡，不會回來了。然而我是個普通的人。我需要重力。這是我回來的原因。」

演講就在他莫名其妙的話中結束，我看著他的臉，彷彿泫然欲泣，然而沒有人注意到。長長的人龍排隊和他合照，他一次次的露出剛才的笑容。

●

在二〇〇二年的手機，是一個經常被放置在桌上的長方型物體。金屬製而厚實，按鍵顆粒狀的排好長在下半身。傳來的訊息映著綠底黑字，顯得非常無色而不刺激。人們尚未發展出來後來畸形的使用方式，出門常沒帶或在家忘了充電。

最常用來聯絡的是ＭＳＮ。那是微軟出的電腦通訊軟體。任何人上線就會在右下方的電腦出現一個小方框提醒你。他的頭像即從小小紅色的人，變成一個小藍人。下方寫著文字，從簡單的姓名，到今天遇到的事與心情都有。那時我們以為那會是一生一世，我也許曾經想過死的時候頭像要換哪張照片。

那個小藍人會因為久置不動，而進入了冥想。等燈登幾聲後，被人叫醒。我手握滑鼠搖搖，即展開一段對話。

Marty in Texas：Aloha

Kaoru Watanabe：Marty 你還好吧？

Marty in Texas：元氣？

Kaoru Watanabe：元氣元氣。

Kaoru Watanabe：我聽說他們要趕你出學校。

Marty in Texas：??

Kaoru Watanabe：你寄了東西給英文老師吧？他超火大。

我那天，在郵局寄東西。便順便寄了一個給莫瑞先生。那只是個在六福村買的博士頭套。我只是附上一張紙條，寫我希望你喜歡這個表情。他顯然並不喜歡。

我有感的是戒備變嚴，而恐怖分子變多。我在想會不會有些人本來其實不想當恐怖分子的，但既然已經被懷疑，而且擁有各種先天條件，異國背景，長相可疑，行為乖僻，索性就當了恐怖分子。短尾巴的狐狸當不成狐狸，索性佯裝成個兔子。

Kaoru in Malibu：你吃蘑菇前，要先問它可不可以讓你吃。

莫瑞先生堅持我有可能想襲擊他，他甚至要求把面具拿去化驗，以防有毒性物質。他可是好好的鬧了一場，Kaoru 說。我倒沒想到放毒，現在說晚了。

我把電腦蓋上，倒在床上把 Kaoru 給我的乾掉蘑菇拿出來放嘴裡嚼著，好像我本來就有這個念頭一樣。只不過我一直等待一個慶祝的時間點。如今它發生了。

這頭沒動靜。那蘑菇除了土味沒別的。我慢慢覺得牆壁離我近得奇怪。接著是天花板。可笑的壓下來。旁邊的檯燈下擺著格子花色的墊布，如今我看出了它的美來。那線條如此突出流轉，我發覺自己不能停下看著它，看著它。它像是如此接近我的視網膜，像漫畫裡的 Pow! 那樣迎面襲來。像個多年不見的老朋友往我臉上打好幾下。

我覺得所有東西都變得怪異，空間歪斜，檯燈也沒有檯燈的樣子。唯一正常的只有我而已，便力持鎮定的坐著。我在想不一定事情就是這樣。就是我看到的樣子。因為這個時候，燈光看起來像溢出的湯，牆壁不知道為什麼看起來可以攀爬。

我很冷靜，然而我知道自己正有一個執念，就是我可以在這十五分鐘內想出一個方法解決一切。這感覺很怪異，像是一個認真的夢境，我一方面知道自己夢著，一方面我又決定要這樣做，像站在那裡看自己蹲著開一個不存在的鎖。

我擠弄著我的腦袋，然後我想到了。我可以回家。我乾脆就算了。不要再弄了就回家。這方法讓我笑出來。

我縮在床的一角，棉被像仙人掌那樣聳立尖銳，我不敢碰它，同時極為恐懼。我感覺世界如果崩塌，沒有人可以承擔起這個任務，外星人要來攻打我們而我們在宇宙那樣孤立無援。然而只能讓它崩毀崩潰。沒有他法。

德州也沒有所謂的德州早餐，如果有的話也就是一樣的內容，蛋，各種做法，培根和吐司，分量乘以二。我坐在 Diner 裡吃喝著這些。附近坐的盡是些德州佬。像海豹一樣胖大，但毫不在意海的事情。他們的抓地力這麼強，緊緊扣住這塊地和認同這個州。

我好羨慕。

●

學校舉辦了聽證會，類似簡單的法庭。我得上去解釋原因，為什麼我寄了具侮辱性的物品給莫瑞先生。莫瑞先生出庭，看起來莊嚴而輕微受辱。莫瑞先生，從一九九三年起即帶領本校的國際學生英文課程，還有亞洲學生會感恩和詩歌的教堂活動，覺得這件事其中牽涉難以形容的惡意，他感到深深的失望。該生並且出席率不高，來美國動機不明，基於人身安全的擔憂，他建議將其開除。

被告馬第黃請說明。法官，由教務主任之類穿著西裝的人擔任。陪審團坐兩旁，是五、六個感覺差不多的白人男女，散發出公務用牛皮紙袋的氣息。

我說，很可能不是像莫瑞先生想像的那樣，然而他有詮釋的自由，就像在英文課上說的，所以我沒有什麼要補充的。

我方證人出庭。Kaoru 穿著黑色樂團T恤出現，臉色蒼白，好像要哭了。她每次要上臺說話或在大眾面前講英文就是這副模樣。兩者加乘，以至於她看起來像即將要崩潰的水球。

Kaoru Watanabe 表示，馬第從不是心懷惡意的人，他只是個莫名其妙的人。像我很多時候，也根本不知道自己在做什麼。

陪審團面色疑惑，尚不能決定她指的這種時候，包不包括現在。

馬第黃已經是個成年人，至少在法律定義上。法官說。容我提醒陪審團，證人 Kaoru Watanabe 在前年曾有作文抄襲，還有在寢室酒醉的記錄。

陪審團聚集討論。我就坐在原地等待。

我環顧四周。這裡是剛進來時候做新生訓練的教室。我記得當時我們排隊進來，每人講幾句英語，他們從口音聽出你需不需要額外的英文課程。從那時候學到的如今派上用場。移動的牆面移開，打通了兩個教室。成為一個寬闊的長方形。而講演的地方變成了法官坐的地方。

白種中年人給我一種班駁零散的印象。他們像樹蔭下的陰影那樣不均勻。他們說的話忽遠忽近，很難補捉。他們眼睛在說一件事情，嘴巴說另一件。我很難專注，像一隻壁虎滑溜溜的爬不住玻璃。我猜想就是那樣的倒影激怒了莫瑞先生，就像我過著我自以為多色的生活時，發現被對方眼中的濾鏡壓平染成黃色一片。

剛才仔細聽的時候，我臉上想必又露出了難以閱讀的表情。現在其實也是一個很好的學習英文的場景。像空中英語教室裡簡陋的法庭布景。我不禁想到。

Kaoru說，你剛才好鎮定。

我想了一下說，剛才一點感覺也沒有。

他們用一種寫在白紙上黑字的表情報告了結果。法官說，我們很遺憾決定讓馬第黃離開本校，由於他不懂得尊重這個體制。

我和 Kaoru 正在學校的餐廳吃墨西哥玉米片，上面擠上袋裝的人工起士醬和墨西哥辣椒。實在非常好吃。

Kaoru 說，你說美國人奇怪嗎，那麼喜歡吃墨西哥食物。

我說，但我也很喜歡吃。

我阿姨有個說法，常吃墨西哥食物會造成脖子消失。她言之鑿鑿說她朋友的小孩就是請了老墨保姆來帶，那孩子和其他家人都不像，就是一副無脖粗短的墨西哥人樣子。

應該是那些豆子。阿姨總結說。她於是常贈送自製滷牛肉給到家裡整理院子的墨西哥人荷西，不知道會不會長出脖子。

我有五天的時間搬出宿舍。按常理來說我應該要搬去我阿姨家。但我推演了一下，阿姨就必定會告訴我媽。而我媽只會瞎操心。

我的餐廳儲存點數瞬間歸零。是第一個受到通知的。我從許貴處繼承的電磁爐和鍋子正好拿出來使用。現在開始有一點感覺，像什麼東西破了，有汁液滲出，還不到濕的地步，但讓人擔憂。在這種情況下還熱心的炒著青菜，似乎不太妙，但我發現了烹飪的樂趣無窮。我用超市買的雞粉和油炒Kaoru種的菜。

很中華味。她吃過後說。

她有個朋友住西好萊塢那邊，室友剛搬走，可以住那裡，收費很便宜。

他是怎樣的人，我問。

Kaoru說，這不是得你搬過去之後，自己發現嗎？於是我像蜜蜂一樣，在濱海公路上面來回開了兩趟把東西都搬了過去，這是後話。

有一天，我正在宿舍裡忙著做炸肉丸子當晚餐。我看了食譜發覺沒有很難，用超市就可以買到的豆腐和絞肉。我和進麻油和胡椒粉，用手捏成丸子，放在米粒上面打滾。滾到陷入肉裡。我在鍋裡倒了油，油的溫度正上升著，這時候門響亮的被敲響。

一個矮瘦的白人男生站在門外。他說學校分配他到這間宿舍，行李箱已經推進門一半。我想中間可能出了錯，至今才過了三天。但這陣子以來，我明白了事情和事情的中間有許多的空間，像礁石裡的孔隙們各自一個世界，被寄居蟹統治著。

我請他在大廳等一下。那小個子就拖拉著行李去了。這陣子的行李已經收齊，只有生活用的東西還散落在外面。像是隱形眼鏡盒，像是拌好的碎肉和麻油。我把幾個箱子搬到走廊。我把已經熱了的油倒在馬桶，發出激烈的吡嚓聲，又索性把拌好的肉團都分次倒了進去，沖掉，浮著的麻油散發出中國菜的味道，我有點同情起要搬進來的那個人。

我拎著大袋子穿過走廊，推門和那男的說可以進去了，我等等再來搬箱子，就走到外面去。他於是又匡啷匡啷的拖著行李，拿著鑰匙打開門消失在碰一聲後，地毯上還留著發白的軌跡。天竟然是微亮的，一點也不合理。我是說，我以為已經很晚了，夜應當像被拖長的影子，或像在百貨公司看到的被拉長的太妃糖。

我開著車，第一次穿過濱海公路到新的公寓去。

車裡面塞裝著四個紙箱子，和一個大旅行袋，除此之外再裝不下了。金龜車就是這樣不耐裝，然而夕陽餘暉在車的身上跳舞旋轉。離開一個地方比奔向一個地方容易。

我穿過韓國城，到了日落大道，再經過幾個襯著棕櫚樹的街口，就到了公寓樓下。這是個天氣奇佳的加州之夜。空氣透明，帶著日落時的紅暈，我在樓下，揪響了5B的門鈴。

一個四十歲以上的日本人開的門，他是個大胖子，大概一六〇公分高，應該是一百公斤重，頭髮是刺蝟狀的粉金色。穿著夏威夷風的大花長袍，戴著金鏈子。左手四隻手指刺Sand，右手手指刺Witch。在T上打一個叉叉。他的工作是個髮型師，開設一個工作室在朋友的刺青店裡。

坐下來談，他給我一罐朝日啤酒。我和他解釋了我必須要早兩天搬過來，他給我凌厲的一眼，說了ＯＫ。

要安靜，要整潔，不可以開趴。

我當然說好。

後來我才發現我的搬進來，就像從狂風中找到了一個不招風的洞穴，得以暫時待在裡面。就像落了地，才感覺到在氣旋中的一路碰撞。我全身痠痛的大睡了一天，在奇怪的時間起床，是3:52，尚在半夜，正要過渡到清晨的時間。像一隻蛙跳躍在身上把我驚醒那種醒法。我坐起身來。必須找學校再辦身分，不然很快就必須離境，我體認到。我在黑暗中坐著，一時不知道自己在哪裡。或像在一個都是黑的桶裡。

這時候我聽到從 Hide 的房間傳來聲響，一個熟悉的音樂調子，然後他走出來，開冰箱拿喝的，再繼續回到房間收看電視。我覺得旁邊好像有一面牆可以抵著，我就挨著那個，又沉沉睡去。

早上起床Hide已經出門去上班，我一時不知道去哪裡，便走到附近的UCLA去。裡面的陽光刺目，穿著藍色校服的人們走過，去上課或只是走過，留下一股大學生的汗味。我走進學校書店，裡面有各種上面編了號的大厚教科書，正是剛開學，學生們手提著籃子，像農夫摘取香蕉般往裡面堆著書。然而我腦裡有個聲音，好像叫我別傻了，我失了業，如今失心瘋來看別人準備開工。我走出來，坐在一張石椅上，那硬度很叫我滿意。我想的是，我該去哪裡辦個身分，我想了一下，記得之前會在報紙的邊緣上，看到方格狀的廣告，上面有888開頭的電話，說是學校但是在一棟大樓裡的補習班之類，一禮拜去個幾天但能幫忙辨身分。

我走上了一百二十階的階梯，問了一個學生，走進了樹叢後面堡壘一樣的圖書館。我推開旋轉軸進去，四周望了一下，拿了一份報紙坐在邊邊。我轉過身面對著牆壁，把我要的那一小角撕下來。我站起來邊走出去，邊和滿屋子坐在桌前讀書的學生無聲的告別，他們在船上，而我是浪裡的人。

我的車停在路邊，已經沾滿了樹葉，但不影響我開到韓國城，就在十五分鐘之外。我停好之後邊對著地址邊上樓，是一棟很具亞洲感覺的破舊黃色大樓。電梯裡充滿辣炒年糕和洋蔥的氣味。我在六樓出來，覺得自己不斷的在推開門。櫃臺的人員是個拉丁裔的女士，說著很粗糙但有力的英文，她說的意思也沒有什麼複雜。一學期十週，學費六十美金，一週來三天。學校會教簡單的網頁設計和英語對話，提供 F-1 學校簽證辦到好。

我環顧四週，學生大多是亞洲人或拉丁裔，散發出一種灰暗無望的氣息，像在黏稠的液體裡混入灰塵的氣氛，加上一種高頻的嗡嗡聲，仔細去聽也許是我想離開這裡的共鳴。

我在街上走路，邊思索韓式餃子湯，和乾脆搬回臺灣的可能。餃子湯很快的被我發現，至於回去，還找不到一個可能性。我邊吃下四個餃子，想著搬回去沒有學校，也許得重新考大學，到一個和剛才很像的地方蹲個一年，想到我就發抖。

我暫且回去住的地方，在網路上搜尋，這樣的機構由於違法，多半地點隱匿而言辭隱晦，很難找到，但網路是什麼地方，我很快海裡撈針尋獲了兩個。一個位在華人區，我再查了一下地址，位在華人區的中心，華人超市的隔壁，我心中描繪著遇到我阿姨的景象。這家算了。

另一家在爾灣，稍遠一點但是個美術為主的學校，看起來不像其他家完全是搭起來的虛景。我打了電話去，是個女人接的，十週三千元，每天都得去，提供各種素材的畫畫課。我和他們約了明天去參觀。

一旦覺得今天的進度告一段落，我便餓了下來，好像剛才肚子在逞強，現在鬆懈下來。我打開冰箱裡是Hide的花壽司捲，旁邊是一群蛋，一罐明太子和味噌醬。我發出一聲嗚咽關上冰箱門。

我從來不了解，美國做為一個速食發源地，何以將麥當勞經營成這樣。這裡看起來就像一個地獄中途站，人們都一副吃飽了好上路那樣隨意往嘴裡塞著。遊民趴在桌上沉沉睡著，而身上酸味長腳到處走。我在肚子裡塞了廢紙堆一樣的東西，對一切感到不滿意。我覺得身體不清潔，和維生素缺乏。

我需要洗澡，和買雜貨，和找到學校辦好身分。這些問題都均等的迫切，像三顆丸子串在竹籤上。我凝視著它們，覺得失去了竹籤，不知道如何把日子串在一起。於是我決定先去買菜。因為超市什麼都有賣。包括丸子。包括竹籤。

我從超市提著東西回家時 Hide 已經在家裡了，靜靜的坐在桌前吃飯。小碟子裝著綠色的菜，黃色的蛋，紅色的蕃茄，像童話故事裡的熊吃的東西。電視關著。他的臉和胖胖的身軀，被掛在空中的，碗狀的燈光籠罩著。我輕悄悄的把東西放了，在他背後輕飄的洗菜，保守的切，待我正要起油鍋要炒了它們之際。Hide 發話了。

從你剛才洗菜到切菜，我就可以聽出來你大概不太習慣做菜。我們何不省省麻煩，你以後就吃我做的好了。反正我也吃不完。

我於是識趣的把買來的東西都包了起來，放在冰箱裡。他把椅子拉開，站起來拿了碗筷給我。我於是吃了許多的青菜。許多許多的菜葉子被我嚼碎，吞進肚子，我吃了捲成許多層的金色的蛋，然後我喝了熱湯。湯裡面浮著整整齊齊的，潔白的豆腐，細細切碎的蔥花。

Hide說你還好吧，看起來好像快不行了。

你需要幫忙嗎？

好一陣子以來，第一次感覺到被正確的對待。這可能將是我要習慣的事，像無端端的感到脆弱，身體不聽使喚的軟弱下來，鼻尖發紅，連覺得好笑的氣力都失去。

我說沒什麼，幫忙洗好了碗，之後去浴室好好的清洗了自己。以後要做的事情，像一個張大的傷口在眼前，我一面沖著頭想著，機器一樣的刷牙，穿好衣服。然後我想到了一件事。日子不就是時間嘛。我今年二十二歲，假設活到八十歲，那就是五十八年，58x365是21170，看起來還好，我在紙上寫著，不是很多。

21170。

我在本子上抄好要去參觀學校的行車路線圖，那尚不是一個網路可以攜帶的時代，而紙筆會被隨身攜帶。我照著路線行駛，405公路往南，一切順利，然後發現油需要加滿，我下了交流道，尋找一個牌子上說一公里外的加油站，開到那裡而不見它的蹤影。我試著返回去卻越開越遠，方向忽前忽後，於是我徹底迷了路。

我把車停在路邊一個街區，撐到一家星巴克，借了廁所，才終於吐了。有一種嘔吐是吐完神輕氣爽，雜質盡去，有一種是將全身力氣都隨之吐光，身體變成一個軟綿的袋子，半天站不起來。不幸的是這次是後者。我坐在馬桶上，眼前都是發黑的細網狀，直到腿部發麻如灌入水泥。

我拖著腳叫了一杯星冰樂之類的飲品，糖漿讓我精神一振，像通了偷來的電。我坐在座位上，決定什麼也不想。不想為什麼我在這裡，也不想那些原本可以做得不一樣的事，也不去想以後的形狀。

我口渴，於是去櫃臺要杯水喝。我曾經做過類似的事，他們會用紙杯裝一些水龍頭水，喝起來有種鐵銹味。可以解決問題就好。

然而不是這家店，店員，一個五十歲左右的男子，白人，用放在冰塊盒裡的聲音說，我們不做這樣的事，你想要水我們有賣礦泉水。他用下巴指了一下右邊的冰櫃。

我喔了一聲轉身離開。從背後傳來一聲冷笑，我從背脊中間的心眼彷彿親眼看到他的臉。要是平常，我便把這種心情摺疊起來。但今天可能隨著這嘔吐，我的內在有種東西直通通的戳將出來，像一種箱子裡藏著的玩偶，跳出來便沒有收回的打算。

我回到那檯前，說了我要說的話。

你剛在笑嗎？我說。

你可能聽錯了，那男人說。

我聽到了，而且你故意不給我水。

我們有權不服務我們不想服務的客人。

我知道你在想什麼。你故意的而且你不打算隱藏這件事情，你以為我會吞下。我告訴你，不是今天。

那男人說你瘋了我現在要叫警察。我說你最好快叫我現在要見你的經理準備好失去你的工作吧。店經理出來，是個困惑的黑人女士。她皺著胖大的眉頭聽了整件事，她說，抱歉造成這樣的困擾，我相信這真的是個誤會，伊恩，請你道歉。伊恩在這裡工作三年了，他不是個歧視的人，不然我會是第一個對這有意見的人。對了，這是你的水。她遞給我一個星巴克的杯子，邊緣有水滴，裡面是水。

你們讓我想吐。我說了這話後離去，走到車上的時候意識到手上依然拿著星冰樂，我便憤怒的吸進一口，它已經融化成水，依然蘊含著星冰樂的特性，膩口而不解渴，就像剛才的那場對話。

我邊倒著車出去，邊感到一種突如其來的羞愧感覺，這都算什麼事啊，除了愚蠢。多麼的可笑，粗暴和愚蠢，而我說的是我自己。我邊開車，低下頭看著隨車來回搖晃的玩偶，它從我心口彈出來後，自顧自地懸空彈跳著。我仔細看看，它的臉是伊恩的臉。那個的後座力很快的展開，我彷彿又經歷了一次嘔吐，吐出的像有侵蝕性。

我思考著從這裡開回家的可能性，但還是打了電話給學校，問了方向，並在街角找到一個加油站。加油的時候我直視著前方，從空氣中毫無根據的浮現一個想法，我就攜帶著它上車，開走，它像個氣球那樣跟隨著我，我去到學校，那是棟灰色的小建築物，和櫃臺說了我的來意。我坐在門口的椅子等，一面把那想法對自己讀出來：人需要某種重量來活。

昨日當我是個無憂慮的少年時，我皺眉細想，也許是剛考完高中聯考的暑假，我每天就是睡覺。像睡不夠，像一個很餓的人不斷吞進雲朵般的睡眠讓自己飽足，睡起來就像是個空了的容器。我虛弱的坐在書桌前，精神渙散。有一天我醒來，我爸已經坐在我桌前，他說了他自己考大學的暑假四個月都在打彈子鬼混，沒有好好利用時間。他說，我到現在都還在後悔。

這句話把我從床上叫醒。我說，到現在還在後悔？

他說，到現在還在後悔。他又說了很多，大多數像篩過米粒的水那樣流過，有些留下，像他說，有些人活得就像水熊蟲那樣。

我又懵了。什麼是水熊蟲？

我爸說水熊蟲你都不知道，一種沒有腦的生物，只是存在什麼都不幹，可以活兩百年，乾了就和死了一樣，拿水澆就活起來。

我說，那不是很好嗎？

他說哪裡好，然後他說了這句話。「人活著還是需要一些重量。」

把這個回想起來花了我一些時間。以至於我回答櫃臺小姐的話慢了五分鐘。是，從網路上找到這裡的，我的頭腦和我快速解釋映入眼睛的畫面：一個乾淨的灰色地面，上面投射深淺影子，來自櫃臺和與我談話的女性本身。後面教室一目瞭然，學生的頭低垂著，手一動一動的，皆在繪畫。他們說辨學生身分應該是沒有問題。我繳了註冊費就往回去的路上開。我在想南加州真是個無趣的地方，開過來開過去，就好像世界是平的。

第二天我去上課。課在一個電腦教室裡進行。在上面進行繪圖的教學，感覺就像在在電腦視頻上看到的教學，帶著實事求是和幅射。我好久沒有將注意力集中，這樣做兩個小時後，變得眼睛酸澀。下了課我走出教室。櫃臺的人叫我過去。

你的學生簽證我們沒有辦法辦。中間間隔太久了，除非你先出境一段時間。櫃臺小姐說，經過一段沉默。

她有一副淺褐色的安穩外表，和低沉平穩的聲音，感覺常在這樣的情況下宣布這樣的消息。

她解釋原因是美國政府在911後，對學生簽證查得很嚴格，像我這樣簽證被中止的人，無法順利直接拿到簽證，除非離境一段時間，從臺灣再進來。

你可以申請退費，或位子我們可以你保留。我們會把簽證寄到你臺北的地址去。可能要一兩個月。

我說好的，我先回去想想。

開車回去的路上外面的景象是路，和車，向前走著像走在一個圓環上，往前然後回到原點，往前然後回到原點。

我想想，覺得沒有什麼好想的，我想這一路上也許是越想越錯。有些事情我想不通我覺得別想了，我把那些隨身的硬體裝置拆除，將我的腦關機，靜置四分鐘，然後重新開機，登入，重新設定。

我突然好睏。像全身都要流掉那樣的睏，像浴缸拔掉塞子，水咻咻的吸進去的睏。我睏得每動一下，就嚇自己一跳，我好不容易才開回到家，就沉沉睡去，但在睡眠中，我像一個時時浮起來的人，不斷有光，聲響或思考打斷我的睡眠，我期望著被大石頭壓在水底那樣子的黑暗，或被大的罐子裝起來那樣的安靜。

我在期望的，我後來想到，原來是機艙裡的睡眠。

●

在回臺北的飛機上我睡得像隻狗，口水流得不知所措。起來口乾得像沙紙。落地天是一個天微亮的天，是前一天的剩餘，後一天的延續。我還不打算回家嚇死我媽，就帶著行李在機場，等待著天明或隨之而來的東西。桃園機場照明如日晝，日光燈像水那樣到處流，沒有人逗留或思想，人人都敏捷地走開，我期望可以看到一些飛機的起降但沒有，只有一些手機租借，連接車拖著行李車隊伍，或頭髮蓬亂的旅客購買三明治等之類最瑣碎的事。世界上重要的事都不知道到哪裡去了，不知道到哪裡去了，我到處去只能看到像還沒有拼的樂高那樣散落一地的，所謂細節，也許得到很高的山上我才能看到全貌。

後來我上了大巴。行李放在下層的那種。坐車可以坐到離家最近的一站飯店。這時候天全亮了。水色多汁的，亞熱帶的天空。我這才注意到我在臺北。車子在高速公路上而我看到那些方塊。有些是房屋，有些是中文字。然後是疊起來的方塊，高樓高樓，然後是全黑，因為我閉上眼睛睡著了。

我沒有家裡鑰匙只能按門鈴。等了許久我媽來開門說怎麼不叫我去接你。我就知道我阿姨告訴她了。她穿著一件長睡衣，臉上是皺紋和有點不知道看哪裡的表情。我推著箱子進去，讓它和一些不是我的東西，和一些曾經是我的但如今表情陌生的東西站在一起。我看到我的床和枕頭看起來很乾淨整齊，像個剛裝好的便當。我媽幫我換了床單。

我把買來的早餐放在桌上，在巷口的三明治奶茶什麼的，吃起來不中不西口味奇特。我媽吃完說我要去準備上班了，你一個人可以嗎？

你在上班？

我現在白天在王阿姨那邊幫忙。你爸明天可能會回來。

我坐在原地，感受了一下。以前總覺得家裡有種氣味，現在撲鼻而來，是一種陳年的米和漿糊的味道。以至於我的東西上也全都是，我打開我那些放以前衣服的抽屜。聞起來像個米倉，衣服都過時了，一股溼的觸感。我於是閉眼站著，感覺天方地圓而天花板變得很低，就把腦裡的經緯度調了一下設定。

睜開眼是街道，和 7-11。我買了好些東西，涼麵御飯團和可樂，味道也都很奇特，飯團裡是些紙屑般的東西，可樂帶著奇怪的油漆櫻桃味，我轉過瓶子看了兩次看是不是買成櫻桃口味，結果都沒有。

我對這裡的街道進行了評估，覺得街道的比例很令人滿意，就來往行走了幾次。我喜歡這裡的騎樓，商店的密集和空氣的濕度。機車則不太ＯＫ，吵而臭。別人聽到我這樣說，可能會以為我是那種假裝成外國人的人而打算揍我。但我不是。我只是個未來來的人。

有一種洞穴是隨著你往前走動，天花越來越矮，人也隨之越來越小，你出來就完全是個小人了。然後假裝原本的你還在，看著這樣小而精巧的自己跑來跑去，心裡一定不免覺得好笑。我就牽著這樣過去帶來的自己走來走去。然後發覺走的速度太慢太被動。我便登上公車，讓它載著我移動，坐著的地方變成落地窗讓未來人感覺好赤裸，從窗口觀賞一場計程車司機和機車騎士的無聲吵架。

坐在公車上高高的，一些既成的事實像沉船那樣襲來，以前是高起來的橋，鏟平變成平坦的路，有房子的地方像缺牙那樣展示著空洞。我假設我所處的未來一切塵埃落定，已經知道了後來的一切，因此對於現在看到的過去我不驚惶亦不分析。我只是看著，因為一切終將發生。

到了中午我解除設定，在路邊吃了一碗魷魚羹。回家鑽進被子的時候還有些怯懦，然後發現床同樣是床，就是通往睡眠的洞穴，我便討債般的睡著了。

我在黑暗中醒來，發覺自己被一種遠方的輕敲聲喚醒，接著是轉動的聲音，然後門咿呀開了，塑膠袋進門，門關的聲響。水聲，刀切的聲音，然後是火轉開的達達聲，油爆起來的聲音。碗筷的聲音。

我坐起身來，思考這時候要跳窗跳走已經來不及，只好把衣服褲子穿好。

我開房門出到走廊，左轉飯桌，燈下是我最不樂見的飯菜一桌，和我爸媽兩人。我爸像紙被捏皺那樣變老了。他們都沒說話，所以我猜我可以靜靜的吃。沒有恐懼，和讓腳趾頭捲起來的尷尬，我預言這餐會順利完成，就像我爸和我媽的相遇。就像左上角的豆干牛肉絲會比左上方的蕃茄炒蛋絕對先被吃完，不過這點與預測無關，應歸因於我們一家對肉的偏愛。想到這個，承認我和我爸我媽那不可否認的基因重疊，讓我有種親密而肉麻的感覺。

我飯盡一碗，排骨湯喝完，又夾了芥蘭菜兩次，覺得是時候將嘴巴用在另一用途。就放下筷子，問我爸最近怎樣。他眼睛望向前方，臉頰因咀嚼而鼓動著，似在深思，我決定給他時間去思考這個問題。

我媽說，你爸耳朵聽不太到。

我媽說他這樣已經一陣子了，半年吧，有一天早上起床就變這樣，醫生說是突發性失聰。有可能會突然好，也可能不會好。

我仔細觀察著我爸的臉，彷彿他失去的是視力。乍看之下大致一樣，而我發現他的臉和以前不同，就好像製作的材質被一種很像但完全不一樣的物質替換了。我不知道這和他的聽不到有無關係。他兀自嚼著，好像以前看過一種目光渙散的蜥蜴。他以前是個目光如炬，皮膚焦黑光滑的人，有種蟑螂的那種光亮和敏捷，你會知道他的核心像一顆水銀，在他裡面滴溜溜打轉。

他現在整個人都渙散了，皮膚那種凝聚感消失，像用久的皮革，而鬆垮下來彷彿連毛孔都張著，呼吸粗重，我仔細看著他的眼睛，裡面的那個不知道散到哪裡去了。

我爸說，幹嘛。整個頭轉過來看我。他動作的敏捷感倒還在。我於是不再煩他，把桌上的碗盤收到廚房去，幫我媽一起洗完。我就出門去。

我說不出多久沒有在城市的夜裡走路。感覺像跨越溪流或穿越樹林，在美國那種，老是像穿上扎人毛衣的感覺輕悄悄的消失了，我如同在水裡那樣一踢就是幾百哩，後面冒著白浪那樣向前。我走到路口攔了計程車，司機問我去哪我只好說大安森林公園，我以前在那附近上國中的，但那已經是上輩子的事了。

很久以前這裡是七號公園，但這不是個好時間再提起從前。我只想走路而這裡像是個好地方。樹都很新尚靠著木條扶著。地上鋪著小型地磚，發白的日光燈街燈向下照射。我就在這裡走動著。像旁邊許多因在夜裡而看起來發灰的人。

我想不到可做的事，就坐在路邊的石階上發呆。蚊子在我耳朵旁邊嗡嗡作響，像在催促著我行動，或只是單純想死。我想到過去的這段時間，我不是有些東西想吃嗎？

一些稠密的，油炸的，味道濃重的，沒有營養的東西。麵線，鹽酥雞，臭豆腐或粉圓冰。我即刻出發，事不宜遲。但是要去哪兒？此刻快要十點，而我愣在當場。我突然察覺到我在這城裡的資歷有多淺，在出國前我算是個半大的青年，十八歲，我必須羞愧的說，在之前我從不曾真的夜深出去逛過，穿的是我媽媽買的衣服。我沒有手機，下課去補習班，之後頭痛欲裂的回家做功課。然後突然間碰的一聲，我得自己去買車然後開車去 IKEA 買櫃子回家組起來。

我倒是聽過些名字。士林夜市，饒河夜市之類耳熟能詳的名稱。我就走出了公園，又上了計程車。是的我還不想念開車。我享受這個用說的便達成心願的魔法。我說饒河夜市，司機便一語不發的前往。

夜市裡有種昏幽幽的光，好像明天颱風就要來了那樣，水漾的波光。在夢遊中最宜狂吃。我在路口就吃了藥燉排骨，像喝下濃黑的融化的木頭，我又走過了一方方的池塘般的小吃，吃下油炸臭豆腐，然後我在烤玉米的攤位前等待，那人用夾子夾著圓滾滾的玉米，左右的翻滾，無動於衷的看著玉米冒煙變得焦黑。我付錢。禮成。

我回家的時候我媽已經睡了，我爸坐在沙發前閉著眼睛，好像想用張著的嘴來看電視。短促又閃光的畫面照在他臉上，他眼角像淌著淚，看起來非常可憐。他明明是睡著了，而一換臺或關掉電視他就清醒過來，就像現在這樣。

我爸眨巴著眼睛看著我，好像一時認不出來我是誰。我說你去睡吧。他說再等一下。說話聲音很響嚇了我一跳，我明白過來是因為他聽不到自己的聲音。

他說很吵。指指他的耳朵，大聲說裡面很吵。呼呼的像大風在吹。樣子的確是在狂風裡的人。我說什麼時候再去看醫生。他搖搖手。我於是拿起桌上紙筆，寫了醫生，when?

他說看醫生沒有用。這不是病。你不當一回事就沒事。他的聲音像打雷，說話晴天打個霹靂。一點也沒有道理。

我把手指放在嘴巴做個噓的樣子，我爸就低下聲來，用噓噓的風聲說話。他大概看我沒聽懂，最終拿起筆來寫。

這次的事，不能管你。他寫著。

我看了沒有懂。之後細看，原來寫的是不能怪你。

我點頭，不是在說我同意，而是我了你意思。

他再寫道，我託了劉叔叔，你明去他那裡做事。他開製作公司。

然後他又氣喘吁吁的寫。我再一看，原來他寫，好嗎？

我看他實在可憐，於是就答應他了。

我爸以前開貿易公司，跩得二五八萬的，出入都坐司機車，喝醉才回家，下面有好幾個經理。劉叔叔比我爸小很多，不知道為什麼對我爸很尊敬。

我在想我可能到了他公司，再和他說我不能久留的事。此刻的現在，實在沒有欲望看到這些事情化為我寫的字在紙上的樣子。那些我剛吃下去的，糨糊一樣的東西，化為一種奇怪的物質在我身體裡流竄。

第二天早上起床，窗外的雨滴淒厲的打在窗戶上，帶著怒意，風發出口哨的呼嘯聲，看起來像颱風，聽起來像颱風，然而在這個與世隔絕的家裡，竟然沒有人就像大部分的人那樣前晚上就準備好面對颱風。

我打開新聞來看，看著電視裡街道上的東西，機車，屋頂，樹幹，招牌，被風吹得滾過來滾過去，雨衣激烈的撲打在記者的臉上，他的臉全濕了而嘴巴仍在劇烈動著。然而我有點羨慕他，他不需要待在家裡。我媽沒去上班，很明顯的今天不用去。她坐在餐桌前，沒吃東西，只是非常沉默。我爸，恍惚的坐在電視前的座位，無視於風發出來的呼嘯聲，我猜那同時也是發生在他耳裡，在努力的看著一本東西，喃喃自語。而我已經站了起來，正打開了門，向外面走去。

空氣很暖，地是濕的，雨暫時停了，風是一陣一陣的，有的時候全然的靜止，大的時候像鼓足了氣用力吹。然後樹葉在頭上遙遙地呼應，接著是物體在地上的撞擊聲。我也許該害怕的。但我走到巷口的7-11。

總是有個7-11在那裡，不管多潮濕多慘淡都開著，雖然知道它就像我家地窖一樣就在那裡，我還是拿了四包泡麵兩罐飲料和水。我想坐一會，看著雨滴落，或店員接雨拖地。但坐了一下子覺得該回家看看。好像那是一個信箱一樣的東西你總是得去看看。

我回到家裡，看到我爸和媽原封不動，好像我才是那條游出生態系的魚。他們並不靜止，而是微風那樣靜靜的動作著。攪動著湯池，或翻動書頁，腳趾晃來晃去，或嘴巴蠕動，我看著他們，覺得自己充滿了憐憫的情緒，像尿液一樣在我腹部奔流過，人總是想過得愉快，不管他是多麼奇怪。這種情緒在我胸口留下一陣清涼的感覺，被風吹而擴散。我吹著口哨在廚房裡弄吃的，先煮開了水，在裡面加醋，煮好成三個完美的包蛋。在另一個鍋子裡煮麵，還有在冰箱裡找到的青江菜，再起一鍋子水煮湯。它們紛紛煮開，冒泡，我像個樂團指揮一樣的向下看著。

我把三碗分配好的麵拿到餐桌上，儘管他們說不餓，還是順暢的吃完了。我胸口如同腫漲的牙齦，帶著血味的奇怪舒服感覺。雨又下了起來，我邊洗碗邊看著樓下機車的後輪，被流過的褐色水慢慢淹沒。

第二天起床就像前一天被吃乾抹淨，在找衣服的憤懣中刷牙，邊想著我爸為何如此雞婆，邊穿著那倒霉的鞋。那製片公司在一個捷運出口，我跑了五分鐘後鑽進捷運，非自願的停止下來，直到車廂飛來將我載去。

工作的內容是，看。劉叔叔，現在稱劉總，這樣和我說。他的樣子很熱切，而我覺得很彆扭。劉叔叔這幾年同時在北京發展兩地跑，整個人氣氛就像我家過年最後上的八寶飯，油亮又熱鬧，就是有點吃不下。

你出來混就是招子得放亮點。劉總又說。那裡有人需要你就去搞。彼岸學來的用辭特點就是非常明亮而非常模糊。我不確定招子到底要放多亮搞什麼，如墜霧中。所幸有個資深工讀生阿年給我問。

阿年說，你幫忙訂便當，發便當，看採訪帶聽打。

我於是懂了，拿著個紙條和菜單跑來跑去。辦公室裡大概有二十個桌子，走來走去的人有三十個。有的人要雞腿有的鱈魚，還有人要排骨但蛋換成菜。我一一寫好十點半拿到隔壁去給便當店。十二點領了便當，發給大家後劉總說要和我吃飯。我端個雞腿便當去他辦公室被他笑斥，不吃這個，我們出去吃。

他靈犬一樣熟門熟路帶我穿越大街到後巷一個門進去，是一處清幽的咖啡店。他和服務生點了兩個特餐，說，小黃啊，你今年多大了？

我感到劉總路數非常亂，一來我今天早上已經回答這個問題，二來他親口說過我就叫你 Marty。

但劉總說我和你爸這個年齡，已經在外面闖，再過兩年已經合創那個老公司。

你爸最近還好吧，還是那個樣子？

他說一定要去對岸看看，那裡人多競爭多，人才會變強，這裡太安逸不是個路。

我邊答應邊吃下大量京醬肉絲。劉總的述說像一道沒有方向的河流，但我大了，稍微懂得這種突如其來的熱情，還有有些人與他的言辭間，就像風箏和手的關係，看起來相連但關係不大。

劉總說該走了，得趕回公司睡午覺。你們在美國不睡午覺的吧，對腦可好了老美懂什麼。

公司上下熄燈。有房間的人如劉總拉上窗簾，有桌的背空一切。大家都很認真的在睡覺。如果睡眠有氣味，那是美耐板的桌子加上便當附的養樂多味。我是臺灣長大的，對桌上的午覺應不陌生，但當時間到日光燈全面亮起，還是有種欲淚的衝動。

下午在電腦上看拍回來的帶子。公司在製作的是臺灣人在大陸之類的節目。在深圳，東莞或更裡面。我邊看邊打。你一言我一語的他們述說了到那裡設廠的管理問題，或剛開始離鄉背井的壓力。有時候我得停下來倒帶來聽清楚他們說的話，耳朵豎得像喇叭花。我有時候停下來只是休息，無意識的想他們到底在對誰說話。和那些不在場的人，說已經過去的委曲，是不是就像對已經乾涸的井投擲石頭那樣的動作。

我收拾自己的石頭，不，是外套，因為已經過了六點，辦公室裡沒剩下幾個人。我打算走回家，活動那些不動已久的四肢。走動時某些物質現在重新流動起來。我邊走邊想，難道明天還得回來這地方嗎？我不是回來做這個的。我想我是回來進行一場等待的。

實在不餓的時候，看到別人在街邊吃著東西，會感到奇怪。我從捷運站出來，看著那個一陣子以後，又想找個地方坐下。臺北的許多細部，像生銹的鐵窗，漏跡班班的牆壁，沒有接續的，高高低低的騎樓，行走間猛然望進的機車行，看起來老舊又殘破，然而在破之上又冒出了小草花來。我坐在一個階梯上，檢查著水溝蓋邊緣冒出來的粉色小花。看起來稚嫩又快樂，像我旁邊不斷經過的下了課的國中生，他們互相打鬧，穿著不透氣的體育外套。臉上還毛絨絨的。我在想，是不是該和以前的同學連絡。

這個念頭像我吐出的煙一樣，正要成形沒多久，就被人拍拍肩，說弟弟，這裡不能抽菸。我看著這面目嚴肅的阿姨，就想到我媽，說那好，我就回家吧。

我爸媽在吃飯。像沒有明天那樣吃，像靜物畫那樣吃。我說謝謝我不加入了，就到房間裡平躺著。我的腳已經快要超出了這個單人床，一轉身床就發出了咿呀聲。一抬頭，我媽進來了，說吃了嗎，你今天怎麼樣，在劉叔叔那裡？

我不過說了還好。我媽就把她在王阿姨那邊的事全講。

你王阿姨不是要離婚嗎？她老公就說可不可以不要離，幫她開個精品店，就在 Sogo 附近，我就去幫她，生意還很好喔，很多我們跳舞的朋友都來了，我跳國標啊，結果老師也來了，她老公好高興，說比他上班還賺得多。

我被這種主詞不斷轉換的說話弄得莫名其妙，只好打聽我爸的事。

你爸現在就你看到這樣啊，我也習慣了，他高興就好，他就有時候去聚個會，也沒什麼不好啦，除了耳朵。但這樣也好啦話少，反正不管他。那你爸是問我啦，說你待到什麼時候？

我媽出去後，換我爸進來，他像一隻老鷹那樣很少移動，一旦移動就行動迅速，眼光銳利。說話大聲是他新近加上的特徵，那使他感覺起來像一個喝醉的人，可以不用被認真對待，或應該被極認真的看待。我還沒有搞清楚。

他還是去尋到了紙和筆來，問我今天怎麼樣做了什麼，不等我寫，把他和劉叔叔二十五歲開公司的事情又覆述了一回。我不知道他是講得太累還是說到動情，他在一些地方拭了淚，我覺得這情況看了眼熟又一時想不起來。原來是我今天看到的臺商在影片裡。

我爸也離開了房間後，剛才被震動得作響的窗戶也平靜下來。我想起來，很少被這樣叫喚著該吃飯了，該睡覺了，像一個嬰兒一樣被想像著。

這天在訂便當的時候，有個人說不吃便當，然後問我下班有沒有事。我停下來看了她一下。阿年，十九歲。器材組資深工讀生。

幹嘛不吃？

我要跳舞，得減肥。

我在想愛跳舞的人還真多。阿年說他們跳的是Hip Hop，有個社團一起跳，今天晚上有活動，要不要一起去看看。除非你下班有別的事。

她問的這樣直接，而且我還真的沒事。

阿年是比我年輕的物種。她關注臺灣，還有世界，想什麼說什麼，非常直接。她一副不借外力靠自己長大的樣子。有時候和這樣年輕的物種相處，好像揭開一個剛結痂的疤。

你去美國，是覺得這樣比較屌嗎？阿年問。聲音裡面沒有批判，只是她就是這樣說話的。這更糟。代表她可能是問真的。

我說，我有我出國的理由。此外，這裡很吵。先是捷運裡下班的人群，然後現在是幾十個剛從高中畢業的小鬼在這裡群魔亂舞，我不敢相信我是在中正紀念堂。日本的音樂，和他們的亂笑，球鞋擦到地板尖銳的聲音。我已經坐了二十分鐘，這些人沒有要解散吃飯的意思。阿年在其中指揮著他們的社團，她是高大的女孩，皮膚瑩白，像匹白馬高踞在眾人之間，她不斷皺眉頭拍拍手說停，先停一下。和旁邊的人研究一些小細節，像這裡應該是滑步還是兩個頓步。我坐在面對他們的石階上看著，貌似總教練，心中實則空白一片。

我注視著他們頭後方的星空，還真的是星空，至少有十顆以上不均勻的分布在藍紫色的天空。阿年又拍拍手說看這邊，現在改成這樣，一二三看懂了嗎，再一次。全部人都看懂了，一齊扭出一個半圓形狀。

我說欸我先走了，明天公司見。阿年沒回頭，招招手。好像她只是盡她的社會義務之一，招待歸國青年觀賞街舞練習。

我可以走路三十分鐘回家，也可以走路十五分鐘去永康街，之後再看。我就拔腿往永康街走去。我爸以前公司在附近，我因此常混這裡，在街口的金石堂前面買串糖葫蘆，然後痞子逛大街搖擺進去。忘了進去幹什麼了，只是走走。

也許我的記憶錯誤。現在沒有糖葫蘆，旁邊的義美也沒有了，沒有任何可供邊走邊吃的零食，我因此兩手空空的走，好不威風。我往前直直走，穿過了坐滿人的永康公園，後面的一條街出現了一些咖啡店。

我再走過，走到金華街，過了師大路，到師大夜市。在暗中走了許多，頭上出現了光。我在燈籠下排隊等著買滷味，心裡像一鍋沸騰的水，我想也許我的青春歲月就這樣流逝，像我爸和劉叔叔那樣，或像影片裡的那些商人那樣。

今天的這位臺商很激動，他說我為了這個工廠付出太多，我的太太也跑了，小孩也沒了……他說著泣不成聲，我得倒帶重看幾次才能推理出他淚眼模糊的嘴說什麼。我把那些話語撈出來，黏貼在影片下方。今天的天空很灰，我不想在這裡，也沒有任何地方想去，或者我只是厭煩了水平的移動，像這樣的時候，我願化為一顆7-11買來的那種，彈力超強的扭蛋裡的球。從樓上投下後，上下原地彈跳，越來越低，直到低到地才停歇。

我悶悶的回家，我媽不在，我爸一個人依舊坐在暗裡。有時候我還是腦部得用點力，才能把他當作以前那個老是不在的人，簡直就是不同概念。我站門口看著我爸一陣子，而他在唸經，沒有發現我的進來。

我拍拍他說買了麵，他就老太太一樣放下經書脫下眼鏡，上餐桌就咻咻的吸麵。他吃完凝固不動的那五分鐘，我問我爸到底唸那什麼經。我不想問，我不敢問，但時空的安排，總有到了不得不的時候。

我爸一拍膝蓋好似在說我問得好，他一直在等待這問題。他又匆忙拿了紙和筆，好像那是那宗教的一部分。

我們這個教啊，唸的是六祖壇經。惠能大師你知道吧。他龍飛鳳舞的寫，彷彿是自己的簽名。

我們每天都唸二十次六祖壇經，明心見性，見性成佛。我唸了之後覺得和以前很不一樣，精氣神都好了。

那你耳朵呢？

我耳朵這個不是，我爸很有靈性的說。這是業力病，因為以前做的孽。不會因為唸經變好，我就是和它共存。

他忽然又拿起筆來，猛烈的寫下一段話。字字相連，無法辨識。

你看這經裡說的，東方人造罪，念佛求生西方，西方人造罪，念佛求生何國？凡愚不了自性，不識身中淨土，願東願西，悟人在處一般。說明我們成佛之後，不會去西方淨土，那只是一個象徵。不管東方人西方人，我們成佛之後，都會去到金星。

我停頓下來。金星？

金星，他寫下來，以示鄭重。金的尾巴拉得長長的，像傘一樣籠罩住下面的星。

我於是問了別的問題，像是家中財務可好，我爸寫道都處理好了，不用擔心，你好我們都好。像幫自己打上字幕。

我突然想到應該由我來寫，因為聽不到的是我爸。但已經無所謂了。所有討論過的字句都在那裡，封印在紙上，像流星一樣被捕捉下來。

我爸回到他的經書，我則拿垃圾到外面倒。與一群手攜垃圾之人，站在路口等待。等待垃圾車如等待一場雨水，終於那熟悉的音樂飄至，如雨前的薄霧。我排隊將手中物拋擲。然後去哪？我決定先走開再想。

這天訂便當的時候，阿年說，雞腿便當。我瞄一眼她的形狀，她說，不要問，還沒成功。

晚上去聽音樂。阿年說。她說明了一下怎麼走，從師大路走進去，如何再從一家屈臣氏為基點找進去。好像我已決定要去。好像所有的事都是事前就可以預測。好像時空彎折起來，如蠟的交融，此刻我即略過了那些影片和字，游標一樣快速移動，到了那骯髒的入口處。

我走樓梯往下移動，裡面像持續的爆炸，到了樓底我被黑暗、喧囂和熱轟轟的人群圍繞。四五個人在臺上，人影交疊，唱歌或演奏。從人群外圍我隨之移動到吧檯所在處，是一個簡略的木頭檯面，後面有一個粗啞的聲音。這聲音長出了一隻手，遞啤酒給我。

臺上的歌聲逐漸在一次次的重覆中成了形，是一個質問，接下來是很長的訴說，接下來又是一個質問。我看出臺上其中一個人是阿年。她依然高大，燈光下呈透明霧白色。手上是吉他。移動方式依舊冷靜，旁邊有位尖叫狂跳的先生。我看著他，習慣性的想幫他打上字幕。

阿年下臺。我以為他們會有自己的聚會之類，結果他們直接散在人群裡。她出現在我旁邊。

嗨。阿年喊。我在臺上就看到你。

尖叫的先生也來了。氣若游絲，脖子的青筋像橡皮筋鬆弛下來。

我男朋友，綠冬。阿年說。

我阿冬，他咻咻的說。

我們在對面的三角公園，進行一個啤酒加袋裝水果，還有鹽水雞的夜間野餐。阿冬說在北京的時候，他基本上不吃雞，他只吃羊。還有驢肉。

我以為阿年唸電視相關，結果她和阿冬都是隔壁大學物理系的。這解釋了他們的樂團名稱——超弦。我耳裡還響著微弱的嗡嗡聲，聽著他們講超弦理論，在他們說的過程中，我發現之前我沒有整理過頭腦，原來在不自知中，我自行形成一個隱隱的宇宙觀，世界猶如一顆巨大的蛋，我們在蛋殼上生活和遊戲，裡面是不可知的蛋白，通往不可說的濃稠的蛋黃。如今他們在說的宇宙，就像是將蛋殼打碎，將蛋白和蛋黃拌勻了，煎成像玉子燒那樣綿延不斷的物質。

那神呢？

阿年說，很可能就是把蛋凝聚起來的物質。

容納在不同的維度。阿冬說。

我想像著我在這綿厚的物體上奔跑，它沒有盡頭，而我爸就從金星上看著我。想起來就頭暈，我站起來說得走了便開步回家，走了一段，經過夜晚的街道上停的車和樹，在路邊攔下了車，計程車司機不知道我家在哪裡而我知道，暫時享受站在知的一方的快樂。我媽打開家裡的門，說收到你的信。我打開，是學校寄來的學生簽證。

我媽問我明天晚上有沒有空，要我陪我爸去他的醫院回診，之後去唸經聚會。他自己出門不放心。還有去之前，要到王阿姨店裡打招呼。

王阿姨的店裡有種奇怪的氣味，很可能是從放在房間正中央的沙發傳出來的。像是化妝品又像食物，加上一些年紀。很多的太太阿姨輪流坐在那沙發上，不斷說話聊天，像在舉辦比賽。各種東西放在上面，剛買來的菜，餅乾零食飲料，試穿完的衣服，化著妝的臉和身體在上面摩蹭。如今則是我和一些阿姨坐在上面。我鼻子一抽，連打好幾個噴嚏。王阿姨說，唉喲主耶穌保祐，抽幾張面紙給我。

我媽在和別的阿姨聊天，沒空理我，聊的也是主耶穌。王阿姨的兒子也在場，年齡和我差不多的青年，在大陸讀大學，因此滿口鄉音的比阿冬還嚴重，臺灣的遺跡在他身上已快不見，我看著他便想起幼年時候，有個兩岸電視節目為了取樂找了個大陸小孩滿場的拜年，每當她放鞭炮一樣說各位叔叔伯伯阿姨哥哥姐姐好我是古小月，大家便轟笑一片說這孩子真他媽逗。然而這位小青年一臉凜然，我便沒和他提。

我望向不遠處的兩排衣服。五顏六色的，絲綢一樣，軟若無骨的，和旁邊一櫃的包袋。也許那氣味也是從這裡來的，明明是簇新的，卻像被浸泡過，此刻正掛在這裡，晾乾。我看著阿姨們開闔的嘴，可能就是這樣造成某種河流般的東西，在空氣中流淌過。我坐在這裡不久便感覺了一股濕氣。而聖經裡的話像是沙州，供大家攀爬上去乘涼，沙發上的阿姨們眯著眼，露出海豹一樣的表情。

王阿姨對著沙發上的阿姨說，這位姐妹妳不要氣餒，神必定會保守妳的婚姻。讓我們來帶領妳做一個禱告。

大家低頭拱手。主啊，王阿姨唱道。請祢保守張姐妹的婚姻，主啊張姐妹很需要她的婚姻，請祢讓張姐妹的丈夫，謝弟兄，體認到他們的婚姻的重要性，像祢為我婚姻做的那樣。主啊謝謝祢請祢讓謝弟兄的心土柔軟讓他回頭。阿門。

大家抬起頭來。實在很難想像主聽了做何感想。王阿姨說主耶穌無數次的救了她，她的婚姻親子關係得到救贖，未來還會再一次接她於天上。路加福音說你們也要預備，因為你們想不到的時候，人子就來了。王阿姨說。

路加福音又說，因為人子在他降臨的日子，好像閃電從天這邊一閃直照到天那邊。只是他必須先受許多苦，又被這世代棄絕。這句是我媽說的，她臉上閃著種金光，既像水面的映照，又像閃電。

我媽轉向我說，快去接你爸了，小心點。我疑惑她怎麼不勸我爸一齊信主，然而我明白他們必定已有了不可言說的共識，不討論不干涉。

我感覺我爸和我媽兩人，如今各自尋覓到了一個架子，將自己放在上面，然後並排的靠牆挨著，並且想好了將來的去處。

我則是一個，暫時沒有架子的杯子。我突然想到。

我爸已穿戴齊整，備好自己的保溫瓶和袋子，站著等待，臉上有金屬的光。我和他走在街上，意識到他確實失去了平衡，駕駛嚴重失靈，不斷的向左或向右傾斜，像失重的魚，我只能抵著他的一側，當他的基準牆。

我們搭上計程車。我爸目視著前方，由我來和司機溝通。那司機是個憊懶之人，一手開車一手拿著塑膠袋啃咬裡面食物，要是以前的我爸看了一定要罵，然後吵架，接著便被司機趕下車。但我爸就那樣子悠悠忽忽的坐著，像一個封閉的魚缸，有自己的供氧系統，和忽隱忽現的水草森林。然而到醫院，面對這樣一個神秘的生態系相當麻煩。不論問什麼，他只給你一個隱晦的笑。我只能從手上的紙和門口的人問，掛了號，找到了診間和號碼，我倆便坐門口等。我爸拿出經來唸。旁邊有許多老人，臉上都有擔心的樣子，擔心自己，擔心一切。醫生也是老人，我發現老人的耳朵都會變大，而且耳垂上打摺子。我望了我爸耳朵，也是。醫生說狀況穩定，不好不壞。我便去批價拿藥。我爸始終就帶著那表情，不言不笑。

聚會的地方在一處不遠的民宅裡。我們進去一處尋常的鐵門，裡面煙霧繚繞，是點著的香和蠟燭之類。小木條地面上擺的一塊塊圓的草色坐墊。我和我爸各尋了一塊坐下。我旁邊的位子逐漸被進來的人填滿，他們都剛下班，臉上尚有在外面行走留下的油光，摸索著坐了下來，嘆一口氣，把水壺外套提包等東西從身上解開，堆放腳底。

我爸摸了一本經書給我，然後一聲亮質鉢響，眾人開始唸經。像壓平的紙那樣，一摺一摺的唸，我無法不注意到我爸隨時會與人唸得不一樣，忽快忽慢，但我決定隨他。

我把那經往後翻還有厚厚一疊，於是把自己想成在釘釘子的人，每個字皆用四聲唸，一個字一槌，唸的頗有樂趣。每個段落便有個人敲那鉢一下，噹的一聲，就會叫醒一些沉睡的人。他們都像被捕出水的魚那樣驚惶。

終於那經已唸成，釘子落下最後一槌，大船已造好，要帶我們出航。去哪兒去金星。我們坐在自己建的美不勝收的金船上，騰雲駕霧，穿過銀河，往金星前進。

我偷眼看我爸，他看起來像大功告成，非常滿意。他看我一眼，也許是我的錯覺，他也為結束而鬆一口氣。

我和我爸最後在附近的牛肉麵店吃麵。我吃下加了過多酸菜的麵，喝氣泡微弱的可樂，再充當我爸的阻力牆回家。洗澡的時候我正式覺得，在這裡我像全身塗滿肥皂那樣生活的滑溜溜。然而我得生活在屬於我的重力。又粗又刺的，像在貓舌上的生活，我得回去。

第二天我打到旅行社訂了機票。可以用網路搞定的事情，在這裡要靠人處理。我說旅行社是個夕陽產業，我們現在見到的都是餘暉。我媽說然而人與人之間有些東西是你看不見的。

效率？我說

人情。我媽說。我只好和我媽的高中同學的表妹呂阿姨通了電話，她問我要不要安排個地方轉機待一晚，就當個順便旅行。像東京。

我說能不能坐車去鎌倉呢。她說沒問題幫你買票。我於是恭祝這行業繁盛久昌。我和 Kaoru 聯絡上，說到時候碰個面。她說你來鎌倉幹嘛，就他媽兩個字無聊，我就帶你去看有多無聊。

我帶著萬事皆休的輕鬆心情，負手步行去辦公室。電梯裡遇到剛從北京回臺的劉叔叔劉總。劉總說小黃啊，大陸太牛了一定得去看看，我現在唸的長江商學院，校友一個比一個牛逼。你說你那美帝還有什麼搞頭？

我和他約下回北京見。之後便到位子看臺商奮鬥史。今天這個臺商是個面貌嚴峻的先生，一旦說起過去也忍不住的眼角濡濕。說起家人更是淚眼婆娑。而我實在無法討厭這些人，就像我不厭惡燕子做窩，鮭魚尋根。

午睡時天氣極好，我趴在桌上，看到各色霓光如七彩虹在牆上閃動，像鬼魂一樣游移，自己追逐自己。會計陳姐推推我，要我一起出去採買。烈日當空，街道上擺出許多摺疊桌，上頭擺了食品插了旗幟，我一問原來今天中元節，好兄弟吃自助餐的日子。

旺旺仙貝要，乖乖多拿幾包拜過放機器上，一整年乖乖。陳姐說，把貢品堆成三角錐狀，放在超市推車裡。香蕉李子旺來不能要，龍眼拿一把。

我們提回去路上，陳姐說，小黃啊，你一個人在國外過得好嗎？

還可以吧。

沒學壞吧？陳姐說。有沒有抽菸喝酒濫交？

抽菸喝酒，交而不濫。

那可以。

陳姐說她二十三歲的女兒吵著出國唸書，沒敢答應，怕她在國外學壞，認識黑人生出一窩斑馬；輟學亂花錢吸毒，或者事業一帆風順滯留在美不肯回來，言而總之，各種擔心。我看你樣子就知道是個好孩子肯定不讓爸媽擔心。她說。

同事們看到貢品如好兄弟一轟而上。陳姐邊擊退他們邊排好貢品，三是吉數，因此目標便是排成許多的金字塔。蘋果金字塔，橘子金字塔，八寶粥金字塔。之後燃香，發給同事們人手執一支，大家面朝一方，向天空中的某一點無聲許願。

而好兄弟們湧動過來，圍著桌子坐下，或有的站著用手去拿，說辛苦了辛苦了多吃點，蘋果與餅乾的色澤因而灰暗了一階。

我們正把紙做的錢燒掉。粗糙纖維的黃色厚紙，上面黏一塊金色，陳姐說，給神明的；上面黏一塊銀色，陳姐說，給好兄弟的。這是廢話但火真的好燙，和它的方圓一百公分，火舌一下左一下右的像一頭餓狗，給它一疊紙，一下便噬光了還要。我也只是哄它，最後所有都成了灰燼。

刷洗冷卻的紅色鐵桶，與影片中的商人們告別，收拾抽屜以及這兩個星期桌上漸形成的微型秩序。阿年經過，說你要走了啊，晚上要不要去跳舞？

你每天晚上都這麼充實？我問。

現在日子正好，把一天當兩天用，等到老了不好玩就快轉。阿年說。

說好晚一點直接店裡見。我便回到家裡，把買來的便當跟我爸一起吃了，把東西裝進行李箱裡，洗澡，整理頭髮。二十分鐘後我穿著一身兩年前的勁裝出門，開始覺得對一切有點不確定。捷運是個現實的地方，稍微不妥路人的眼神便會告訴你實情。我從他們的眼睛裡讀到一切彷彿有點歪斜，但管他的，我已經在這裡了。

我走過了兩個地面停車場，一些荒草地，然後遇到了紅色外牆的電影院。時間還早我便漫步了進去，發現許多的人在裡面。從一樓排隊買票的人，到二樓玩遊戲機的人，和三樓擠在一起等著進戲院的人。旁邊還有人圍坐著在吃各種食物。尖挺的雙淇淋，桶裝的炸雞，圓形的披薩，油亮亮的麵。讓我想到今天是中元節。然後我發現阿年和阿冬也在其中，齊力圍攻一桶炸雞。

阿年說這麼早，你看起來有些緊繃啊。我說確實是這樣的，對於關在一個地下室，和許多人呼吸同一盅氧氣，放大音量的音樂和刻意刺激人的光線，我只要想到便心搖神馳，坐立難安。

阿冬擦擦嘴說，我們今天來，就是個做實驗的意思。你知道，現在各國科學家，同心協力在瑞士邊境建造一個強子對撞機。

將兩個質子以接近光速的速度對撞，將產生什麼？是黑洞，是新的粒子，還是撞出新的宇宙。你不想知道嗎？

你覺得是什麼？我問。

我希望是新的維度。兩個相撞，咚的都不見了。原來跑到別的維度去了。我們今天來實驗看看。

就如所有實驗，事前的假設再精密，都會被實際結果擊潰。我們走下地下室，走了進去就如走進一個珠光燦爛的珠寶盒。從天花板更高處投射出來的燈光像煙火一樣的奔散噴射，音樂，或著說是震動本身造成了比實際更嚴重的物理現象，它某種程度影響了我的心跳腦波和血液循環，我好像參加了短跑，腦內分泌奇怪的物質，讓我相信我正處在青春面前，目睹它的真實樣貌。旁邊摩肩擦踵的都是人，各種高矮形狀的，散著熱氣的身體，裡面像有清潔有幹勁的馬達來活動，我們都動得毫無規則，一齊又年輕又快樂。

有一種維度，可能就叫瘋狂，也許就叫想都不想。我把由頭腦流至身上的大電路關上，由身體裡到處的小規模爆炸來供電。到處是藍紫色的閃電，這陣子像瘀血一樣累積堆疊在體內的，正在沙州一樣浮出海面，又被沖刷殆盡。

過了午夜，阿冬找到了我，我們就穿過汗濕的人到外頭抽菸。我像一部剛用力供電的發電機，尚不能相信這停頓是真的。我們默默的抽了一會。

他說他好累。他說你知道若闖入強子對撞機裡會怎麼樣嗎？質子會穿過身體像一把無形的利刃將你肢解，不然會死於幅射病。那會慢慢侵蝕你。癥兆是眼前所見的事物都變成藍色。

我們一起站著，像對那情形進行哀悼。然後阿冬又給我說了量子通訊，他訴說量子纏繞的原理好像在說隔壁的貓狗打架。我瞇著眼睛聽著一個量子不管隔多遠，都受到另一顆的牽引，纏繞，騷擾，覺得這我老早就知道，難道有誰不是被人牽引纏繞而脫離原本航道，如果有這種東西的話，我想像在遙遠的黑暗裡，在不引人注意的距離下，我們倆倆一起，照鏡子一樣的對應著，或轉動，或靜止，或只是反應著而反應，蠢動著，交替著。然後我說我得走了。

我從車窗看到阿冬把菸扔在地上摁熄，然後轉身鑽進去，蓬髮黑衣在夜裡顫動，充滿了物理學家的氣勢。

車子擺渡一樣駛開，開至了安靜的海域。隨紅燈停泊，綠燈搖動。我告訴司機門口停一下，它就靠岸在我家公寓門口，隨波上下。

我回去前去看了我媽的國標舞成果發表會。不要覺得這是我自己願意的事情。如果有選擇的話，我會把這件事放在一些我極不情願的事之後，就像陪父母親翻看年輕時的照片傾聽他們相遇的故事。我極願意像秧苗那樣好像天賜之物那樣的生長，無父無母，頂天立地。

場地在某商辦的七樓，我爸要唸經加上說自己耳朵聽不到沒去，我早早到了以求早點離開。現場還很暗僅有出風口處金屬光澤的彩帶在空中旋轉著，中央懸掛七彩波球燈。我媽和阿姨們在那裡。臉上的妝嚇得死人，衣不蔽體。然而她們全身都有一種我在阿年她們的團體看到過的，帶著電的光澤。我媽上場的時候，我一下看不慣和她一起跳的先生，全身帶著鰻魚異常滑溜的質感光澤，穿著緊身黑色襯衫扣子一個都沒扣，但是我忍了。我媽跳得非常帶勁。我於是把它看完了。我媽的衣服是金粉一層，在燈光照射下透明而暴露，但她並不在乎。她就像一個剛降生的人那樣興奮的動著，上下左右的舞著轉動著，像水母鮮活的在水裡，激烈的表現它活著。我於是把她當成剛去到金星的人，比我爸還早了一步。

我帶了花，之後還和她的鰻魚朋友合照。之後他們所有人手牽手做了一個禱告，我把頭別向一旁以防被人看出我們是一起的。然而我的手和他們牽在一起。鰻魚激烈的向主秉報著他事前的緊張，跳舞時的心情，還有那看不到的力量。我不能說不感動，光是因為他這樣大汗淋漓還是不換衣服執意的說，像狂奔回家的小孩上氣不接下氣，和爸媽說著自己在外面的遭遇。但是主早就知道了。我想著，手裡握著都是他們的汗。

我媽和朋友要我幫她們拍照，我看著她們在螢幕裡面。有時候我會以為我爸媽不會再有新的記憶了。我是說，他們那麼老了。但有的時候新的事件就像葉子那樣飄落下，遮住久遠的歷史，他們就會露出幾乎快樂的樣子。

●

我悄悄取了行李，但我媽還是起來了，樓梯間皆是行李箱的喀喇聲和她的拖鞋啪噠聲。車載我往機場去。一路上我都在幽藍的睡夢裡，整條公路昏沉沉，在我背後碎成片片斷斷。

在機場我又清醒過來。只因為這是全世界最讓人清醒的地方，一點不假以辭色的。我通過層層關卡，終於推著行李箱，坐在冷氣過強的等待區。椅子的數量多過人，一齊在水一樣的燈光下半夢半醒著。我這時突然想到，我要去的暫且不是美國而是鎌倉，就對自己笑了一下。

在飛機上我睡不著，吃了一餐味道奇怪的雞肉，吃完極其後悔，便望向窗外，眼睛休息在那看來很柔軟的雲上。還好我不害怕坐飛機，我想到。我不懼怕飛機突然起火，一邊的機翼不能動，或引擎裡進了飛鳥。或頂部被掀起來，或摔到山丘上，最後摔進了大海裡。海水的冰冷僵住那些動個不停的手腳以至於無人生還。如果真的發生我猜我沒有機會，因為我的應變能力相當普通，而且從來沒有一次認真看過機上逃生示範。

飛機突然俯近，剛才看似凝固一樣的海有了起伏，然後在踉蹌中飛機彈了幾下，降落。我耐著性子坐著等。我必須耐著性子像在胸前揣隻小兔子，不去想等等要發生的，入關，檢查，等行李，買票，搭車。我就讓自己行屍走肉一般，用最省力的方式移動。這支撐了我到搭上成田特快，再換車往JR湘南站，在車上我鬆懈下來，幾乎睡到靈魂出竅。由於某種內在的彈力及時甦醒。我將行李寄在車站，背著背包出了站，往右手邊看就看到 Kaoru 說的咖啡店。

我坐下來點了熱咖啡和蛋三明治，美味驚人。蛋像美國製的床墊一樣柔軟而富彈性，我彷彿是為了吃它們而來到這裡一樣。當我因為食物的進入讓所有血液從腦到胃部支援時，Kaoru 就那樣子出現。好像她就住在隔壁巷子那樣。

來啦，Kaoru 毫不感動的說。好像住在附近的是我。她沒有多說話，說去走走吧就起身出了店。

她在這裡很融入街景，整個人好像融化再組合過邊緣很柔和。而這是一個帶著昏黃的城，街道上是普通的店，開著普通的車子，沒有要弄得有趣或好看那樣無聊的野心。過了街竟然就是海。也有沙灘，灰色的泥狀的沙。和灰色的非常家常的海。沙灘上停著許多烏鴉。漆黑又囉嗦的叫著。Kaoru 一幅很厭煩的樣子，指著海不遠處一處顯而易見的塊狀說，哪，江之島。

我站著看，它影影綽綽的像剪下貼上的。Kaoru 說，幹嘛不約東京。說著踢了踢沙子。她抬起頭來，說欸你這觀光客該不會想去吧？

我們就在橫濱站裡搭了車，約二十分鐘到了江之島站。島上有種綠油油和觀光區混在一起的油亮氣氛。整座島其實是座山，一邊是綠樹和海洋，一邊是漆成紅色的神社入口。Kaoru 指指說這就是浦島太郎的龍宮城。我在這裡等你。便像石頭坐在原地，戴上耳機。我買了票，往石階上走，邊對下面的 Kaoru 揮手。石階很多很細碎，我不耐煩起來，便一口氣跑上去。沿路經過了三個神殿，我沒有時間停下來參拜便跑了過去。我好不容易停下來，發現自己在一個從來沒有到過的地方。是一處繽紛美妙的花園，我在門口張望，疑心自己變成了浦島太郎。花園裡有煙霧般的花，有南方來的樹。我卻抬頭望著旁邊的塔狀物，原來是江之島海上燈塔，心想著如何上去，在周遭徘徊，找到了階梯上去。我爬到最高的地方，望向外面，是煙霧的大海。一路上來的那種如煙絲如雜屑的紛亂，便隨著那不能察覺的起伏，沉了下來。

我沿著圓形瞭望，邊指認出那裡是剛才過來的鎌倉，那裡是剛才望見的富士山。發現自己來到這裡不久，已經有了記憶和過去，便走到另一邊的海去注視。直到覺得一切已不復記憶，便慢慢的走下山去。

Kaoru 一動也不動的坐在原地。好像我去了一宿，對她只是十分鐘。我們坐回鎌倉，在 Kaoru 介紹的店吃了非常普通的蛋包飯。我就發現我得往機場去了。

未來見，Kaoru 說。舉起一隻食指。

在坐飛機回洛杉磯的路上，我喜歡起飛行這件事。非常容易，你只需要坐著等待，就由著一個外力運送。不論想或不想，被往前在輸送帶上運送著，就像那些行李一樣。窗戶外心情好時雲朵不斷，現在是暗黑一片。我盯著看，突然懷疑起飛行的真實性。他們只是把我們關著，製造一些震盪，就輕易讓人相信我們在一場旅行裡。就像有人說過阿姆斯壯從未上過月球。我在NASA有看過他當時訓練期間的照片，然而那極易仿造，就像我真的去過NASA嗎？此刻現在，那連一些指尖的觸覺都不剩，只剩幾個頭腦裡的畫面，和一兩個我以為確知的事實。而那亦極易仿造。而我根據這些經驗和原則去理解這個圓形窗之外的世界。說危險也很危險，說曖昧也很曖昧。

我從機場去公寓的路上很緊張，原因是我突然想起，不記得把公寓的鑰匙放在何處，也許是在行李的深處。只好在這午夜打電話給Hide。他在電話裡聽起來很平靜。我在家呢，無所謂，會幫你開門。ＬＡ的那些東西突然出現在窗裡，筆直公路，平房，Staple center，加州的車牌，我看了有點心驚膽跳。

四十分鐘後抵達公寓的門口，而Hide也如約幫我將門打開，完美，像預習過一樣。他開了門後便閃進自己房間。我進房間一個味道襲來，是洗衣精和地毯的氣味，還有鼻腔裡的乾燥感覺，加總就是美國的氣味。在房間的門後有面落地的鏡子，我走過的時候看見自己，便仔細的從頭到腳檢查了一遍。我好像高了一點，鬍渣滿溢，總體帥度加七分，人的臉自己看不到，而要藉由別的媒介的反射這件事，不管想了幾次，仍然叫人訝異。也許這面鏡子不能信任。

我躺在床上，覺得鼻腔乾燥，臉部皮膚乾燥，已經過了幾個鐘頭我還是不能睡著。雖然已經半夜三點我不願再忍耐就起來到廚房倒了牛奶喝。美國的牛奶很好喝。這是小時候來找阿姨時候留下來的印象。我把這個每次喝牛奶時會出現的印象捕捉住，將它放在一旁，然後專心的品嚐牛奶。還算濃郁，而尾韻稍嫌不足。我稍微舔舔杯子。我決定從明天起不再根據任何印象，而照著事情原本樣子來過日子。然而半夜三點下的決心很難持續到第二天的十點。

我非常感謝自己多留了一天休假，而不是在開學的前一天才回來。我睡到中午過後，起床精神恍惚，我站起來有種陌生的感覺在肚腹裡徘徊，直到刷完牙後，領悟出來是飢餓。在臺灣隨時都在進食，我於是再一次好好的感覺了一下，覺得新鮮。是一種強烈的空氣灌在胃裡，週圍像冷冷的溪水流過。我想去韓國城吃烤肉，讓它們將它淹沒像洪水擊潰怪獸。

我像把腳踏入冰冷的游泳池的學童那樣，一點點的，慢慢的，進入這個新生活。就像開車。我看到黑金剛罩在一層薄的灰塵裡，坐進去，直到將它開出地下車庫，都有種莫名之感。地面很滑，我滑動著到了學校。坐在那些水泥糊的盒子裡。課程像罐頭一樣。網頁設計，素描，色鉛筆。我面無表情的打開一個個吃下去。他們也不再像以前的學校裝作新鮮食物那樣勸你說這對你有多好，而是隨你，你餓了便吃，不吃拉倒。同學也都是在工作的人，上完他們就走了，去各式各樣的地方打工，超市，餐廳，加油站。

我在這倉庫般的地方上課下課了一個月，沒有什麼抱怨，暫停去想事情。當你暫停想事情的時候，做的事情有沒有道理是沒有差別的。這給我一種清涼之感。我開著車子去，坐著那裡手動著畫畫或在電腦上工作，中午到附近打開自己帶去的東西吃，多半是個麵包或買的沙拉，吃完努力不睡著，在附近走走。你也知道美國人對於睡覺的看法，公然睡覺代表懶惰或病弱。我在附近的大樓間走來走去。那裡有些矮樹叢，我就鑽在裡面，想像我在森林裡。下午重覆一樣的事情，然後在都是車的公路上開車回去。我不想事情。

在這其間有些事情還是冰山融雪一樣的發生。我需要打工，便在 Hide 的刺青店裡找到了打工。原本有個日本員工叫 Hiro，人長得高大又醒目，身體上都是細緻的刺青，然而只要有人欲問他問題就不禁露出日本人遇到英文那種溺水式的慌張。很多壯漢走進店裡一臉兇惡說嘿老子要刺青，你問他要刺什麼他便羞答答的說你可以幫我想嘛，這很好笑，說明沒有想法也是不方便。我的工作就是幫他們一起想，在紙上畫出一些東西，刺激他們的想法，畫出他們可能想要的，等到成了形Hide就來動手，他可沒有耐性陪他們。之後這個就刺在他們身體上陪伴他們一生。說好笑很好笑，說荒謬很荒謬。

眼前的這人說我不知道我想刺什麼，我只知道我想刺青。還有刺在這裡，他把衣服掀起來。指出了肚臍到側腰的一塊空地。我說你有什麼想法嗎當你想到刺青的時候。他說我不知道，我只想像我養的蜥蜴盧卡斯一樣好看。

你有照片嗎？我想看看盧卡斯。

之後我們看著這隻表情僵硬的黃綠色蜥蜴一陣子。他說，你也在想我在想的嗎？

我說我們店裡對處理黃綠色非常有一套。他便歡喜的拿著照片去找Hide了。這是容易的時候。

或像這個人，他是個瘦瘦的白人，希望刺上一個簡單而具象徵性的符號來提醒自己。他帶了許多參考的圖片來，他喜歡的植物，一種藤蔓，他的狗，一隻雪納瑞，他母親的結婚照片，他的車，一輛綠色的Honda。他夢到過的一個圖案。三角形外框著圓形，三角形塗黑。

你想提醒你自己什麼。

保持獨特。

我說有沒有可能直接刺這句話。他咕噥著說這太直接，而且太不獨特了。

或者我把這句話的中文寫出來。

他看了覺得有點意思。我們再一起把中間的一些筆畫改成三角形，圓形和藤蔓。之後再花了時間決定應該刺在哪裡。手臂和上半身太普通，他決定刺在小腿脛骨上，上下顛倒，以供他從上面觀賞。

Hide說，你極有天份，也許不久後就可以刺。

然而Hide在刺的時候我總是望向遠方，好像那裡有金字塔和噴泉那樣用著力去凝望，即使外面只有停著的汽車。雖然這樣，那聲音還是傳來，滋滋作響，一種拉拉鍊的聲音，想到那在人的皮肉上發生，就讓我下巴發軟。還有他們喉頭發出的吸氣和呼氣聲，偶爾有人會發出比較特異的，像小羊的叫聲或海鷗一樣的高聲嗚嗚叫。這時候Hide會不留情的停下來，說這會妨礙他的工作。Hide並且嚴拒一切止痛的建議，冰敷，麻醉藥，喝酒吃藥的人都會被他趕走。痛是刺青的一部分，不然幹嘛刺青，貼貼紙不就得了。他說。話這樣說，但我懷疑他其實享受這些人在他槍下哭泣顫抖的過程。這很變態。

Hide 說，他最討厭幫人刺愛人的名字。這很討厭，他一邊吃飯邊說，之後你會看到這些傢伙回來，說要為他們的刺青進行一些改造。Lulu 改成 Love，Kim 改成 King，實在是有夠白癡。

我看著他手臂上的大字，那這是誰的名字？

我媽的，他低頭看著手臂上的刺字。我只有這個刺青就是因為，世界上的事除了我媽的名字，其他都會變，其實連這個也可能變。他媽的。

有時候我晚飯後會去ＵＣＬＡ裡跑步。這裡雖沒有四季，我在風裡會逐漸感到一種秋天的涼意。然而和泛紅的楓葉沒關係，和栗子與松鼠沒關係，這裡秋天依然是短袖和啤酒，沙灘和衝浪。我跑過了夕陽下他人的校園，依然感覺到存在我生活裡那種強烈的異物感。所有的一切都不是出於我的選擇，就像看到屬於我的水域裡，升起了粗大的桅桿，尚不知道它屬於誰，但看到它和它一日日的被建造成船，也有種興奮，以及恐怖。

有人知道我跑步，都會大感吃驚。跑步的人好像應該更開朗陽光，一笑就一排的牙，不像我這樣懶散而倒退的青年。但跑步是這樣的一件事，你要嘛一直跑，要嘛就停下，大家總是這樣假設，好像在跑之前就得決定好。我是這樣想的：當我沒停的時候，你就得假設我會一直跑下去。我不知道我會跑到什麼時候，但誰又會知道這種事呢？

我跑步的時候是跑步的人，走路的時候便成為走路的人。這和開車很不一樣。沒人會覺得我是不得已才跑的。

我感覺到我的繪圖技巧需要加強，而這個學校不能給我，我就報名了一家藝術學院的人體素描課程。這家學校又在城的另一邊，極富盛名。到學校的路上需要經過幾道金屬橋，之後便逐漸往山上開去。在朦朧中就會看見那黑色的箱形建築物架空在一道小形山谷上頭，儼然也成橋樑，建築物底部的人隔著山谷抽菸，從對面就看到一個個發亮的小橘點。異常的浪漫。

我攜帶著各種軟硬度鉛筆，軟橡皮，手下夾著大型畫布和畫板從車裡爬了出來，跑過外側的迴廊，到了其中一個方盒裡。人體模特兒已經站好，全身赤裸，到處是皺皮。她是個老太太，個子奇小，臉部極似烏龜。我在紙上虛構出圓形，擬比她的頭，身體的軸勾出來，在外面沿著用筆壓出粗細不一的身體輪廓線。

每二十分鐘，模特兒就會走下來休息，他們大多會披著浴袍走動，看他們自己在紙上的樣子，而不是我以為的避開。老太太吉娃娃一樣的哆嗦著，邊說冷邊走來走去，喝水。鬧鐘響起她便再回到站位上。頭微微斜著，兩隻手臂抬起做出擁抱狀。臉上表情鬆動，像泉水一樣流露出喜悅。她似乎不是假裝。

老師說，這位模特兒非常專業，這是我們一直請她回來的原因。她大可以做一個很簡單，不那麼累的動作。我看著那模特兒，她是這麼老了，皮膚變得細細碎碎，霧霧的。上次我來，畫的是一個年輕的男的，身體都是塊狀的，一大塊一大塊，從外觀看出來裡面裝的好像是力氣，和很多血液。我一邊畫，一邊想從一大塊到打了摺子，中間發生的事情。又想這些事件到後來又發生了什麼去哪了。

如果可以的話，我想，我預期活到三十五歲。那代表我過了一點成年生活後可以在厭倦前死去，我倒不要求在睡夢中死。我願意在行動中，在開車或剪頭髮，在他人的目光下就一腳跨過去那個地方。不過邊開車邊想這樣的事情，似乎不太道德。我邊把車倒出來，車輪發出嘎嘎的聲音，彷彿說自己還不想死。

我想到一件事又把車停下，在建築物的旁邊。我打開車門那些涼涼空氣又不知疲倦的移動過來。我拿著菸走向那大方盒底部，點燃，菸頭發紅，我吐出煙來然而黑暗中看不到。隔著山谷，對面的小橘點亦亮了一下，如螢火蟲如星光，我覺得可以為此馬上就死。

白天生活因為這些夜晚，而變得比較短而堪忍受。在刺青店的打工則像捏破泡泡紙。我則像綿花中的核，雖然週圍的事情多而搖搖曳曳，並不覺得自己有移動到哪裡去。

萬聖節學校還是布置了南瓜和鋪著海綿的女巫玩偶。櫃臺的工作人員戴上尖尖的絨帽子，帶著一種我們可是個盡責的補習班的凜然神情回答電話。我走出去的時候抓了一把糖果，是太妃和紅白條紋的薄荷糖。我邊嚼著邊開車往薄霧的山上。在時常的短形移動中，我像孵著蛋一樣，準備起來移動到下一個地方。

我蹲在公寓的門外整理畫作，在上面噴上讓炭粉凝固的化學液體，發出毒性的氣味，好像讓任何東西凝固都是錯的。一個人扭轉著手呈花型，一個人奔跑著腿開成剪刀，然後死在紙上。我把它們每張攤平像地毯那樣擺開，於是有二十個通過我而出生的人體，形成一片人海。我像個漁夫一樣耐心的等它們像海藻乾透，然後我想到我做過的那些刺青，便把它們拿出來，放在一旁觀看，看到時間夠久，我便知道怎麼將適合的貼在這些人體身上。年老的人體貼上花的圖案，年輕的男體貼上平衡，女體貼上藤蔓。它們尚在這些身體上浮動著，我便用相機拍下它們游離的樣子。

寫基本資料很容易，寫自傳則是相反。過去已經過去，而且和現在的我並不相似，過去的事由現在的我來訴說，還透過英文，誤差不可說不大。然而我不怪他們。

寄出學校申請書後的一個假日，我去了洛杉磯動物園。我到洛杉磯這麼久還沒去過動物園。有天與Hide講起來。我們便去了動物園。從小的動物開始觀賞起，一些斑斕的爬蟲類，蜥蜴，然後是蛇，毒蛇，大的蟒蛇。然後是鈴羊，土狼，接著是豹，老虎，犀牛，大象，長頸鹿。它們各自做出它們該有的樣子，老虎煩躁的走來走去，大象用鼻子吸水澆濕著自己，長頸鹿脖子長長的站著，吃高處的樹葉。我們彷彿只是一欄一欄的去做確認。

看動物真的是很有意思。但把它們關起來一直看一直看，是不是神經病。Hide說。

我們正看著一群河馬，它們野豬一樣的一群從關著的圍欄裡毫無感情的走出來，把自己淺褐色的乾燥身體浸濕，變成了深褐色的泥巴身體。而我們的注視，據我觀察帶給它們的影響是零。接近冬日的動物園依然很溫暖，人們只換上了長袖上衣，我看著瞪羚激烈的在換毛，忽然很想到很寒冷的地方去。

Hide 說，不覺得洛杉磯實在太棒了嗎，到了冬天還是不冷。要吃什麼有什麼。

原來也有這樣的想法，我恍然大悟。我把視線轉向 Hide。這個人愛著洛杉磯，花了一輩子待在這裡。我將這點做了確認。離開了動物們，我和他到了華人區吃小籠湯包和酸辣湯。旁邊有一桌外國人，稚拙的拿著筷子，邊看著我們熟練的吸取湯包裡的汁液。我們於是交換注視，覺得對方物種實在奇異。

●

有一天，阿姨說她要去爾灣那裡拜訪朋友。但她有點累。我說我載妳吧阿姨。

我們得上10號，之後再一直走5號，快到了迪士尼就下來，便到了聖安娜。阿姨坐在我的右手邊，戴著太陽眼鏡，手舉著報紙之類的東西遮蔽住窗戶，以求不要曬黑。搬到加州住又要求不被太陽曬是很奇怪的，幾乎和搬到美國又堅持讀中文報紙吃亞州食物一樣奇怪。但我已經決心尊重對方的立場，不問不聽。然而我一邊開著聽著她給我的指示，走內線！小心那個人在你旁邊！看後面！心中實在奇怪阿姨到底是怎麼活下來的。

車子路經迪士尼。遠遠望去看到一片不真實的車海閃光，大的圓圈。和三角形的尖塔。我小時候去過東京的那個，是爸跟媽帶我去的。印象中很冷，但我心中激烈的感覺到我在全世界最快樂的地方！我記得那種心中快要爆炸的感覺，唯恐來不及一樣的玩，爸跟媽那時候也許還有積極要經營家庭的想法，至少讓我感覺他們也有點開心。我記得玩到了晚上，在那裡面吃那好貴的食物，壓成米老鼠樣子的白飯，巧克力奶昔之類的東西。也記得我點了一堆吃不下。我媽很盡力在幫我吃，我爸終於受不了跑到外面去抽菸的樣子。

阿姨問，有沒有打給你爸媽呀？

我說有啊，老樣子。她說你爸媽好關心你的，你要知道你念那個學校好貴的，你爸一句話都沒說就匯錢過來。你媽也是，常常哭，她本來很不開心的，想到你就高興了。

我說我知道。我一邊開車一邊在想一件事。人是不是註定越活越不高興，不管小時候是多麼高興。我爸媽是不是就是知道了這一點，所以想讓我小時候多儲備一點高興，以供長大了之後拿出來用。

阿姨的朋友 Anne 家占地很大，深色的屋頂，廣大的草坪。後院的游泳池和玫瑰花。Anne 阿姨和她先生 John。他們是那種好的移民故事，醫生與護士。小孩都上長春藤大學。基督徒。走近他們就可以感覺到他們在這裡肯定受過一些龐大的不如意。然而他們沒有氣餒，而是把那藏得很深，然後一種謙卑和自持流露了出來。他們都帶著一種在陽光下久了的瞇著眼睛表情，就算在屋簷底下。好像他們不敢相信有這麼好的事情，而隨時打算回到太陽下幹活。

他們也是那種相信儲備的人，相信冬天之寒酷，相信勤奮努力，如今到了人生的收獲時期，他們在慶祝，也邀請朋友一起慶祝，感覺是這樣的聚會。

他們準備了許多烤肉的東西，牛排，漢堡肉餅，熱狗，又將中西合併烤醃過的豬肉片，香菇，炒青菜，切片的滷牛肉滷蛋海帶之類的東西擺得極結實。他們的孩子都是些高大健康的孩子，極有禮貌，爸媽說中文即回英文的類型。身上都有那種美國人不識愁滋味的無畏自信。父母那種時時在人家國家做客的小心翼翼已經在他們身上看不見了。

我感覺到自己在打量著別人，就轉過身喝自己的檸檬汁。有人和我說話。

Hi I'm Andrew。怎麼沒有看到過你。他用極生硬的中文。之後抱歉說自己的中文不行，轉回用熟極而流的英文說話。他說我帶你參觀一下房子裡面吧。我於是跟在他的身後走過了門廳，飯廳和廚房，西式中帶著醬油和麻油的氣味。他走著的樣子，確實是在自己家，自己的國。你自己一個人來讀書嗎？他問，那一定很艱難。我想了一下說，這些只是反射動作。這些還不是我真的要做的事情。

這其實是我偷來的答案，我好像有聽過阿年和人談話時這樣說過。於是學了起來。她在說的是舞蹈之類的事，而我在說的是我的生活。到此為止我都是像個接球的人，不斷的用各種方法，接住從各個角度丟出來的或快或慢的球。我只想著不要漏接，不要搞砸。

若是讓我空白的站在原地，就當一個沒有過去，沒有未來的人呢？我是否還會有行動，我會終於去探究球從哪裡來嗎？還是我做我最想做的，轉身離開這個地方。

Kaoru說，來露營吧。沒有原因只因為放假了。聖誕節對我們沒有意義，就是一個沒店可去的意思。我們很快的組織起來，Kaoru、Hide和Hiro以及我，帶了東西就往山上去。日本人真是非常適合露營的，我看著他們不免驚歎。精巧而有效率，就像松鼠回到他們樹裡的洞穴那樣。我們在路上的超市停下買了食物，他們便迅速的發展出來這樣的工作節奏，分批去拿取調味料，或工具如錫箔紙竹籤刷子。把東西擺下後便有的人組帳蓬，有的人去找柴點火，有的人換了衣服想跳下溪流去捉魚。我一邊把食物串在竹籤上，一邊踢著地上乾乾鬆鬆的樹葉。Hide正忙著把一個紙箱改裝成可以慢燻食物的密封箱。我烤著肉聞著木炭氣味感到昏昏欲睡。

晚上是盯著火焰喝啤酒的時間。火焰跳動，冒煙，而人們持續的喝啤酒，好像忘了我們在野外，而半夜從帳篷鑽出來上廁所很不方便。我感到很清楚的日子的尾聲。

從我現在住的公寓開車回到馬里布，大約四十分鐘，那是指平常的時候。在通往一月一日新年的時候，時空轉移，隧道變軟拉長，車子會掉進時間的X軸象限裡。這當然是亂講的。

然而今天是二〇〇四年的最後一日，當我站在路邊加油的時候，我確實的覺得時間彷彿慢了下來。我坐上車往前開，路阻且長。但我不趕時間，用時間換取空間，彷彿這是一場意志力的鬥爭。漸漸的路上的其他車子發現我是認真確實的要往那裡開去，紛紛加入我後面或往旁邊散開。我登上濱海公路時，只過了三十二分鐘。只要是關於海，就變成了一場追逐。有時候它在沿海一排的房屋後面徘徊，有時候它棲息在遠處好像與誰都無關。終於我開到了以前上學時的超市，我走進去，只為了買半顆西瓜。我將買到的西瓜用塑膠袋提著，提袋下沉著，由旁邊崎嶇的小路慢慢的走進那不為人知的地區。我的鞋子進了沙子。沙粒像鹽一樣浸著我的腳丫。我便脫了那雙跑鞋。以前觀看時間流逝的方法，也許全然錯誤。它不是像一隻河那樣徑自流著。而是所有的事件都存在著，像沙粒一樣擺在沙灘上展示，任人信手撈起，排列組合。我就撈起那沙，讓濕氣把它凝固球狀，將它扔進海裡，造成一些事件位移解散，一些人的命運歷程也因此改變。

●

新年過後，我在信箱收到了兩封信。一封是從芝加哥的學校，另一封是從紐約的學校寄來的。兩個都答應了我的入學。兩個城市在遠處睜開眼睛看著我，我都沒有去過。

我想著東移的事情，因為旅費而在Hide的店花上更多時間工作。我有時候會畫下這個刺青者在我眼中的型態，他們往往覺得面熟，有些人會要求刺上自己的素描，這是很奇特的事。我把它修改得更加精細，看Hide將之拓印在刺青者的身體上。於是在身體上畫著這個身體。在這個畫上去的人身上，是否也有一個畫上去的身體呢？想像這樣環狀的延伸，讓我頭暈。

或者是那些滲出的紅色的血，和藍色顏料的混合成泥巴，我還是很難想像選取一個圖案，不畏麻煩與痛苦的將它刺在身上。那可能已經超出了對這個圖案的熱愛，而是對永恆的一種試探。不過當我看著這些人們，這麼一個一個樂呵呵的選著圖案，而當刺上時痛不欲生，和刺完時候有點欲言又止的悔恨的人們，我猜他們沒有想那麼多，而這好像開著一輛能見度很低的車子。也許這才是硬道理。

在三月的早晨我搭飛機去了芝加哥。停留五天之後再去紐約。我決意要好好見見這兩個城。

芝加哥在我降落的時候，是個白霧瀰漫的城市，機場的大字寫著，歡迎到風城來！彷彿風是一件多好的事情。是中午而陽光尚未露出來，我們在車裡慢慢接近市區，我看到舊紅磚建築和煙囪，城市的天際線在白日裡變得細細碎不明顯，但我還是辨認出幾個地標來。時間還早，而我的行李是一隻背包，於是我下了車，在市區行走。

不能免俗的必須評論一下這個冷。非常冷，我毫無準備，雖然我出發前去買了大外套，但這冷空氣像有生命直往衣服裡鑽。我把手放進口袋，再到一家店裡買了護耳以防耳朵掉下來。

我在芝加哥的市區裡，在密西根大道上朝北走。密西根湖始終在我的東邊不變，雖是湖而做出海的樣子。從早到晚浪在岸邊摩摩蹭蹭。我在風中在馬路旁的人造岸上走了幾分鐘就決定回頭，實在太冷。便穿過沙地，走上人行陸橋。我穿過了一二三座橋，河在腳下。兩邊都是高樓因此樓與樓中間也像河。我在電視上曾經看過這些鐵橋在船經過時，中間高高舉起而打開的樣子。街上的人都實事求是的穿著暗色的類似滑雪服那樣的機能外套，表情也都非常簡單。像放在室外很久發硬的雪人。

學校便在市區裡，幾棟灰白老舊的建築物四散在老區，於是我又往南走，走到鐵架起來的鐵軌底下，看起來非常冰冷和堅硬的軌道，上面有金屬的車廂轟隆隆的跑過，發出震耳欲聾的聲音。

我走到學校的其中一棟門口，和警衛說明我是即將入學的學生來做參觀，警衛是個胖胖的黑人，對這類的要求顯然煩不勝煩。但仍然給了我一張貼紙貼在身上，要我在半小時內出來。

學生就是學生的樣子，就像微型的成年人在做著自己的事情，只是這些事情都是一種模擬。因此他們都顯得可有可無的樣子。

我從大樓裡出來，在門口買了一杯熱咖啡，把圍巾重新圍好，然後頂著風向湖走去，走到學校附設的美術館。又經過一個橋。我以為轉彎之後這該死的風就會停下來但它沒有，它一直跟隨我到了石獅子守護的美術館門口，才悻悻然的等在外面。

我坐在美術館的長椅上，休息，有時候看看週遭的人還有掛在牆上的畫。美術館會製造出這種氣氛給你，讓你覺得畫是很重要的事，隨著人們躡手躡腳的走來走去，輕聲的討論，花很多時間注視，你漸漸覺得畫是世界上最重要的事。然後你走出美術館，蹦一聲，畫又變得一點也不重要。這很奇怪。

然而我現在在這個世界裡。人們決定對畫好一點，莊重的把它掛起來，我也就莊重的看。都是以前的畫，許多的人被畫在裡面，臉部表情都被畫得很清楚，我靠近看，透過層層堆上去的油彩，那些姿態和表情並不像畫了很厚的妝，反而又清晰又生動，還有一種不像這個世界的感情傳了出來，這的確很厲害。我環顧了一下四週。如果他們要我在這裡學著如何畫出這樣的畫來，我不介意。

然而我又想到等在外面的風，和人們身上的外套，和嚴峻的臉。我決定先到住的地方去，再來想像在這裡生活的日日夜夜。我依著地址摸索，到了一棟四個街區外的大型樓房，我在其中找到了一戶學生出租。這是我第十六次在空盪盪的公寓裡坐在空白的床墊上。我把衣服脫掉，邊溫暖我凍硬掉的的身體尖端，鼻尖，耳朵和手指腳趾。才到了下午四點，天已經失去了光線，即將落幕的神態。我心裡有種恐慌升起，而我是個有經驗的潛水伕，告訴自己慢一點再慢一點，不要慌張，而被這寂寞打敗。我隨著這暮色越降越深，終於沉進深深海底。外面嚴寒而寂暗，不是一個可以出外走動的地方，雖然在市區裡，卻像北極之地。我坐在窗口只看見芝加哥大戲院的 Chicago 七個大字母在細碎燈光中閃爍著，像一個還未打烊的馬戲團。

我依然穿上圍巾手套和護耳出門去。現在是晚間六點過後，所有的商鋪均關門，我在街上漫遊著，再一次感覺到芝加哥街道的筆直寬闊，而渺無人煙。我向東一些，走向靠近湖邊的千禧公園，從已經關門的空白溜冰場，望向湖面，上頭有一枚月亮銀幣般閃爍。我不再試探自己，轉身回去住所。

早上起床，我因為徹夜開著的暖氣而喉嚨乾裂。我今天決定坐地鐵。不知道是誰出的餿主意，在這樣寒冷的城市設計好幾站的車站在半空當中，我在等車來的時候差點凍死。然而當車廂在彎彎曲曲之中，在大樓之中穿行之時，我又覺得這樣的高度是極有道理的。那些綴有花邊的屋簷，具有歷史淵源的窗框，從陳舊的車窗中陳列。我想像自己在這裡生活，這個車廂馬上轉變為，通往未來的列車。我揣測著自己的心情和行為。然而誰能夠準確計算，當變異係數是這麼多。我遂在下一站名喚 Armitage 的站下了車。

路邊尚有一堆堆的積雪，冷空氣從我的褲子裡往上。空氣中有個陰沉的東西，也許是那些深色的古老住宅。也許是遠處的電線杆上站著的黑鳥。寒冷讓我很容易疲累。我又登上了半空的地鐵站回到市區。這裡的市區有許多歷史悠久的百貨公司。我花了整個下午在裡面閒晃，一樓的櫥窗擺的是一些老婦人出門會戴的帽子，硬殼的，戴著面紗的，或上面飾著羽毛的。出來門口有個黑人身著西裝，拿著擴音器和麥克風發表著演說。我駐足聽了一會，聽懂他在以個人的立場，發表抽菸對人的害處。旁邊有傳單，內容說明他已經全年無休在這裡宣傳了八年，希望人們能夠正視抽菸的危害。

這個說法讓我想尋覓一個角落，點起一支菸。就算光看那白色煙霧在這寒冷中飄散都好。這幾天我注意到芝加哥有許多的暗巷，在大樓與大樓之間。我走進其中一條，裡面溫暖乾燥。巷口是一個這裡到處可見的遊民，穿得層層疊疊，有節奏的使勁搖晃一個裝滿零錢的紙杯。這個策略很奇怪，對我來說，只會讓人覺得他們已經擁有很多零錢。然而我不能質疑一個人在一個城發展出來的生活智慧。就像我在此地不久，已經累積粗淺的經驗，知道店鋪早關，在六點前買好晚上的吃食。我想像在這裡繼續的生活，終究產生繭一樣的厚厚經驗知道往這走往那躲，之後像個成人一樣運用在別的人生範圍裡。

最後一晚我去湖邊的海軍港口，是個觀光客一定會到訪的地方。門口放著重覆的音樂唱著「芝加哥芝加哥，是我的城市」。我在門口買了門票和冷硬的爆米花，登上從老遠就可看到的巨大摩天輪。坐好後，我才訝異它轉動得如此之慢，而且門是半扇的並不封閉，導致到達半空中又是奇冷無比。他們卻設計在空中會停留十分鐘好讓你把整個城市盡收眼底。我看了一下後邊縮成一團。曾經我想過到很寒冷的地方去，而現在我在這裡，被寒冷緊緊包圍著，連摩天輪閃爍的霓虹也無計可施。下來後我鐵了心往湖邊走，已經看到了湖邊一來一回仿造著海的潮汐，仍然繼續走，直走到了湖裡，站在從岸邊延伸出來的堤防般的石椿上。湖水從左右兩邊侵蝕逗弄著，我站著不動，往回看著這閃閃爍爍的樂園，彷彿不去理會整面湖水的包圍。

這是芝加哥。

●

我在頭痛欲裂中搭上飛機，前往紐約。位子很滿因此無法選擇，然而無法選擇有時候，或著大部分時候都是好事。在天上的想法重力較小，就像高山上的人體重較輕。我的頭於是變成了氫氣球，輕飄飄的然而相當危險。我探頭向窗外望，越過我旁邊熟睡的老先生毛茸茸的耳朵，是橢圓的，點綴著橘色星星的黑夜。沒有任何層次的塊狀的黑。我浮在高空中空氣稀薄，耳朵嗡嗡。彷彿在大陸和大陸，板塊和板塊中飄流。飛機尚在下降當中然而地面還沒有收拾好，空服員用遺憾但沒那麼遺憾的口氣宣布。我們要在空中盤旋二十分鐘。

我在想一件事，亦在腦中盤旋已久但我以往沒膽子沒時間去想。

有沒有一個地方，那麼飛沙走石，混濁的讓我可以藏身其中，不叫我時時想起我自己的形狀。

有沒有一個地方是那樣澄澈透明的，可以反映出我的樣子，而不嫌棄我不以我為怪。

有沒有一個地方是那樣艱難的我得攀爬滑溜溜的石壁那樣用盡力量站在高處，才能得到完整的樣貌。

有沒有一個地方像一個形容模糊的流沙滲入我的眼睛鼻孔嘴將我吞噬而不留痕跡。

有沒有一個地方萬事萬物像因我而造因我的意念而生，萬事萬物皆妥貼皆溫柔止息如午後的小睡，我不用擠壓屏息就剛好適體。

有沒有一個城市，平滑廣闊而無限延伸，終年無嗅無味，白色如沙漠初生，乾涸而情緒不生。

有沒有一個城市終年濕潤如盆，夏日蟬聲轟鳴，冬日淫雨，人情稠密如漿又人人想離去。

有沒有一個城市，高樓聳立如峽谷，底部深邃鬆沃至河床，人人渺小如芥蟲螻蟻因而不需任何無謂的自尊或良心，不需遲疑只要加入那共同的蠕動。

我們懸浮空中。

後記

最近在看一個本土的嘻哈選秀節目時，其中一個選手是一個在圈內弄很久，整個人鬱鬱寡歡呈現一種灰暗，近三十的不得志青年。他們去訪問他的朋友，朋友說，唉他一直沒有長大，他就是一個把十七歲活了十三次的人。我當時聽了覺得很納悶：難道有人不是這樣的嗎？

也許有人真的像俄羅斯娃娃那樣，一個仿傚一個，一個套一個的逐漸長大，但中間會不會有一、兩個，和其他的完全不像，無可參照的娃娃，套不進去，呈現一種尷尬扞格的局面。

我就有一個那樣的。他是一個百無聊賴，不想未來的青年，灰溜溜的，煙霧瀰漫。隨時在我身邊，慫恿譏笑，瞇著眼睛看我。他行走的方法很孤絕，就像世界是一個沒有邊界的平面。他只管走，好像走是目的，去哪不重要，沒有來時的路，碰到懸崖，可能就只得跳。

致所有混亂，在風中奔跑，不追求意義的日子。更不用說的是，致不回頭的青春。因為只發生一次的事情，就等於沒有發生。

新人間叢書 333

四遊記

作者──蕭熠
執行主編──羅珊珊
校對──羅珊珊、蕭熠
美術設計──朱疋
行銷企劃──吳儒芳

總編輯──龔橞甄
董事長──趙政岷
出版者──時報文化出版企業股份有限公司
108019臺北市和平西路三段二四〇號
發行專線──（〇二）二三〇六六八四二
讀者服務專線──〇八〇〇二三一七〇五（〇二）二三〇四七一〇三
讀者服務傳真──（〇二）二三〇四六八五八
郵撥──一九三四四七二四時報文化出版公司
信箱──10899臺北華江橋郵局第九九信箱

時報悅讀網──http://www.readingtimes.com.tw
思潮線臉書──https://www.facebook.com/trendage/
法律顧問──理律法律事務所　陳長文律師、李念祖律師
印刷──勁達印刷有限公司
初版一刷──二〇二一年十一月十九日
定價──新臺幣三二〇元
（缺頁或破損的書，請寄回更換）

時報文化出版公司成立於一九七五年，
並於一九九九年股票上櫃公開發行，於二〇〇八年脫離中時集團非屬旺中，
以「尊重智慧與創意的文化事業」為信念。

四遊記／蕭熠著. -- 初版. -- 臺北市：時報文化出版企業股份有限公司, 2021.11
面；14.8×21公分
ISBN 978-957-13-9548-7（平裝）

863.57　　110016421

ISBN 978-957-13-9548-7
Printed in Taiwan